よろず占い処 陰陽屋あやうし
天野頌子

ポプラ文庫ピュアフル

JN264507

もくじ

よろず占い処

陰陽屋あやうし

第一話

秘密の沢崎家

一

東京都北区《きた》王子《おうじ》は、三月末から四月前半にかけて、街中が桜でうめつくされる。飛鳥山《あすかやま》公園にはピンクの提灯《ちょうちん》がかけられ、家族づれやお年寄りたちの団体が花見にくりだし、商店には季節限定の花見あんぱんや桜団子、飛鳥山ロールなどがならぶ。

そんな春らんまんにうかれる王子の中に、一軒だけ、ひっそりと静まり返った店がある。雑居ビルの階段をおりた先にある、黒く重い鉄のドア。同じく黒でぬられた看板には、「陰陽屋《おんみようや》」と白い筆文字が記され、文字の上から銀色の砂粒が星の形にふりかけられている。陰陽師ものの映画や漫画には必ずでてくる、五芒星《ごぼうせい》のマークだ。

地下にある店舗は狭く、薄暗い。祈禱《きとう》用の神棚や陰陽道に関する書物、柱に貼りつけられた霊符などを、提灯と蠟燭《ろうそく》が照らしている。

「遅くなってごめん、ホームルーム終わったの気づかなくて寝すごした！」

真新しいブレザーの制服を着こんだ沢崎《さわざき》瞬太《しゅんた》は、茶褐色の髪を揺らしながら陰陽屋にかけこんだ。

「どれだけ熟睡すれば気がすむんだ。どうせ授業中も寝てたんだろう？」

薄暗い店の奥から、呆れ顔の男がでてきた。店主の安倍《あべ》祥明《しょうめい》である。

あからさまに安倍晴明《せいめい》をパクった名前に見えるが、実は本名も祥明と書いてヨシアキなのだ。長い黒髪に、白い狩衣《かりぎぬ》、藍青《らんせい》色の指貫《さしぬき》、新しい銀の扇。薄暗い店内でもはっきりとわかる整った顔立ちをしており、眼鏡《めがね》さえのぞけば、映画や漫画にでてくる陰陽師そのものである。

「高校の先生たち、おれが昼間は起きていられない体質だっていうのが、まだわからないらしくってさ、五分おきに起こしにくるんだ。おかげでひどい寝不足なんだよ」

瞬太は愚痴をこぼしながら大あくびをした。

思いおこせば三年前、中学校の先生たちも最初は瞬太を起こそうとしたものだった。しかし一ヶ月もしないうちに無駄な努力と悟り、放っておいてくれるようになったのである。いくら注意しようと、教室の後ろに立たせようと、廊下でバケツを持たせようと、結局、三分後には眠ってしまうのだ。

「特に担任の只野《ただの》先生が、真面目《まじめ》っていうか、うるさいっていうか、おれがうとうとしはじめたとたん、起こしにくるんだよ。ああいうのを学習能力がないって言うんだよな」

「学習能力がないなんて、先生もおまえにだけは言われたくないだろうな」

祥明は苦笑する。

「まあいい。さっさと着替えて、店の前を掃除してくれ」

「へーい」

瞬太は店の奥にある休憩室のロッカーをあけると、通学鞄を放りこみ、制服を脱いで、仕事着に着替えた。

アルバイト店員である瞬太の仕事は雑用全般なのだが、一応、陰陽師に仕える式神《しきがみ》という設定なので、童水干《わらべすいかん》という牛若丸《うしわかまる》のような平安少年スタイルである。

右手にほうきを、左手にちりとりを持って店の前にでると、道路から階段にかけて、淡いピンクの花びらがたくさん落ちていた。王子稲荷《いなり》神社あたりからとんできたのだろうか。北区は桜が区の木に指定されているだけあって、公園内にも道路脇にも、むやみやたらと桜が多い。

「掃いても、掃いても、とんでくるんだよなー」

ぼやきながらも、瞬太はせっせとほうきを動かす。やっと太陽の位置も低くなり、キツネの活動時間に入ったのだ。ふさふさの長い尻尾《しっぽ》も、自然と、軽やかに揺れる。茶色い毛におおわれた三角の耳。トパーズ色の瞳に、縦長の瞳孔。

沢崎瞬太は、妖狐《ようこ》、つまり、化けギツネなのである。

普段は人間の姿で高校に通っているが、陰陽屋で働いている時だけは、キツネの姿に戻っているのだ。その方が式神らしく見える、という、店主のリクエストによるものである。

「沢崎君？」

聞き覚えのある声に顔をあげると、三十代後半の小柄な男性が立っていた。いまどき珍しい、きっちり七三にわけてなでつけた髪。えんじ色のネクタイに白いニットのカーディガン。肩から白いキャンバス布の鞄をさげている。

「沢崎君、その耳は一体……」

「ぎゃっ、先生、なんでここに⁉」

とっさに瞬太は両手で三角の耳を押さえた。

その男性こそ、口うるさいクラス担任の只野先生だったのである。

「沢崎君がアルバイトの特別申請をしていたから、どんな店なのか様子を見にきたのですが……。その尻尾、動くんですね」

只野の小さな目は、落ち着かなげに前後に動く長い尻尾に釘づけになっている。

「あ、そ、そうなんだ。自動的に揺れるんだよ。よくできたつけ尻尾だろ？」

言い訳をしながら、尻尾があまり動きすぎないように、ぎゅっと力を入れる。

「作り物なんですか？」

「も、もちろん。本物のわけないよ。つけ耳、つけ尻尾、それに、コンタクトレンズで、妖怪っぽくしてるんだ」

瞬太は精一杯もちろんを強調して、つくり笑いをうかべてみせた。

「そうですか。あんまりよくできていたので、びっくりしました」

幸い只野は、瞬太の説明を信じてくれたようである。

だが次の瞬間、只野は口を半開きにして硬直した。

「キツネ君、お客さんなのか？」

店から祥明が出てきたのである。

「陰陽……師？」

只野は小さくつぶやいた。

おそらく自分の目を疑っているのだろう。せわしなくまばたきを繰り返している。

初めて陰陽屋へ来たお客さんは、たいていこういう反応をするのだ。

京都の映画村ならまだしも、東京の住宅街で、しかも何の変哲もない古ぼけた雑居ビルの前に、陰陽師が立っているのである。はなはだしい違和感に戸惑うのも無理はない。

「お客さんっていうか、クラス担任の先生。おれのバイト先を見にきたんだって」

瞬太の言葉に、祥明は満面の笑みをうかべた。いつもの営業スマイルをさらにパワーアップさせた感じだ。

「おや、それはそれは。はじめまして、陰陽屋の店主で、安倍祥明と申します」

「どうも。飛鳥《あすか》高校の只野です」

「よろしければ中へどうぞ。沢崎君、お茶を頼む」

「あ、うん」

祥明に沢崎君と名字でよばれ、瞬太はめんくらった。只野の前だからというのはわかるが、こっぱずかしくて、尻尾がむずむずする。

瞬太は休憩室でお茶をいれると、お盆にのせて、そろそろとはこんでいった。

只野は祥明とともに店の奥に置かれた小さなテーブルをかこみ、もの珍しそうに店内を見回している。

「なるほど、陰陽師のお店なので陰陽屋ということですか」

「ええ。陰陽師にはキツネがつきものなので、沢崎君にもキツネ風の格好をしてもらっているんです。あの有名な安倍晴明も管狐《くだぎつね》を使役していましたし」

「なるほど」

祥明は、あわよくば、うんちくで相手を煙にまこうとしたようだが、只野はまったく興味を示そうとしない。

「先生、お茶」

「ああ、ありがとう」

瞬太がお茶をだしてすぐに几帳《きちょう》のかげにひっこもうとすると、只野によびとめられた。

「少し沢崎君と話があるのですが、かまいませんか？」

「どうぞ」

祥明はにこにことうなずくが、バイト先でまでお説教をされるのかと、瞬太はうんざりした気分になる。

「沢崎君はこの店で毎日アルバイトをしているんですか？　何時間くらい？」

「えーと、平日は、夕方の四時から七時までの三時間くらいかな」

「土日は？」

「土曜は昼すぎからだから、半日くらい？　日曜は定休日だからバイトはなし」

「そんなにいっぱい働いていているから、疲れはてて、いつも学校で寝ているんですね」

只野はため息をついた。

「いや、そういうわけじゃなくて、体質だよ」

「体質？　本当にそうでしょうか。私も教師になってもう十年以上になりますが、君ほど寝ている生徒というのは見たことがありませんよ」

「そ、そう？」

「週に六日も、しかも立ち仕事のアルバイトなんて、疲れないはずないでしょう」

「えっ、でも、おれがやってるのは、掃除とか、お茶くみとか、お客さんのご案内とか、簡単なことばっかりだし。学校で寝ちゃうのは、疲れてるわけじゃなくて、ただ眠いから寝てるだけなんだ。昼間は起きていられない体質なんだよ」

　瞬太はなんとか説明しようとするが、只野は両手をあわせたまま、人さし指の先を鼻にあて、難しい顔をしている。どうも納得していない様子だ。しかし、自分は化けギツネだから、生まれつきの夜行性なのだと言うわけにもいかない。うかつに正体を口外しないよう、両親からきびしく言い渡されているのだ。

　只野は大きくため息をつくと、重々しく言った。

「沢崎君、アルバイトは許可できません」

二

「えっ、何で⁉」

只野の宣告は、まさに青天《せいてん》の霹靂《へきれき》だった。驚きのあまり、瞬太の尻尾がぴょんと大きくはねる。

「もともとうちの高校では、原則として、アルバイト禁止です。しかも明らかに学業に支障をきたしていますし、許可できるはずがありません」

「お待ちください、先生、それは困ります」

只野の判断に異を唱えたのは祥明だった。瞬太と違い、落ち着きはらっている。クラス担任が陰陽屋を訪ねてきた時点で、この展開を予想していたのかもしれない。

「沢崎君はこの陰陽屋のマスコットボーイならぬマスコットキツネなんです。彼がいなくなると店にとって大きな痛手となります」

「他のアルバイトを募集すればいいじゃないですか。掃除とお茶くみなら、いくらでもかわりはいるでしょう」

「沢崎君ほどキツネ耳が似合う少年なんて、なかなかいません」

「猫耳じゃだめなんですか？　秋葉原《あきはばら》に行けば猫耳の男女がいっぱいいますよ？」

「うちはメイド喫茶ではなく陰陽屋ですから、キツネでないとだめなんです」

二人とも口が達者なので、「ああ言えばこう言う」の連続である。

「それに、この店でのアルバイトは、沢崎君にとっても、いい人生勉強になっていると思うんです」

「たとえば？」

「占いやお祓《はら》いでは、なかなか接する機会の少ない大人の世界にふれることができますから」

「占いにお祓いですか」

只野は微妙に口もとをひきつらせた。

「そうそう、人捜しとか、失《う》せ物《もの》探しとか、霊障相談とか、いろんな依頼があって面白いんだよ」

瞬太が言うと、只野は首をかしげる。

「れいしょう？」

「幽霊の霊に、障害の障。幽霊や狐に取り憑《つ》かれてるから、何とかしてくれっていう相談のこと。たまにあるんだ」

「怪異現象ですか……」

只野はうさんくさそうに鼻にしわをよせた。

陰陽屋の仕事が自分のプラスになっている、と、瞬太はアピールしたかったのだが、かえって店の印象を悪くしてしまったようだ。

もう黙っていろ、と、祥明に目配せされてしまう。

「霊障相談といってもそれほど大げさなものではありません。先生も試しにいかがですか？」

「私は幽霊にも狐にも取り憑かれたことなどないのでけっこうです」

「お試しですから、普通の悩み事や心配事でかまいません。店の内装や雰囲気だけで、陰陽屋がどういうものかご理解いただくのは難しいと思うんです。やはり実際にご体験いただかないと」

「なるほど……」

祥明の主張にも一理ある、と、只野は認めたようだった。

「では、心配事をひとつみていただきましょうか」

「何でもどうぞ」

「うちのクラスの生徒が一名、いつも授業中熟睡しているので大変心配しています」

「おれ⁉」

瞬太はびっくりして、自分を指さした。霊の仕業《しわざ》じゃないよ、と、反論しかけたところで、祥明の左手に口をふさがれる。

「それはご心配でしょう。悪い霊の仕業だといけませんから、水盆《すいぼん》でみてみますね」

水盆占いの支度を、と、祥明に言われて、瞬太はしぶしぶうなずいた。祥明は一体どう解決するつもりなのだろう。休憩室で水盆の用意をすると、そろそろと店内まではこび、テーブルの上に置く。一見、何の変哲もない、水をはっただけのお盆である。

「それでは、しばらくの間、目を閉じていただけますか？」

「わかりました」

只野が目を閉じたのを確認して、祥明は狩衣のたもとから細かい銀色のかけらをとりだした。水盆の上に両手をかざすと、水面から五センチほどのところでゆっくり動かしはじめる。もったいぶった手の動きは水晶占いと似ているかもしれない。だが実は、てのひらを水面にむけているだけではなく、音をたてないように、そーっと銀色のかけらをまいているのだ。

しばらくすると、水中から、ぽこぽこと小さな泡がたちはじめた。別に炭酸水というわけではない。実は水盆の中に入っているのは何とかいう水溶液で、この中にある種の金属を入れると泡をだしながら溶けていくのだ。

このからくりを、瞬太は祥明から教わったので知っているのだが、たいていのお客さんは気づかない。「水盆占い」という名前のせいもあって、お盆の中の無色透明な液体は、当然、水だと思ってしまうのである。しかもお盆の内側はかけらとよく似た白っぽい銀色で、しかも底に模様が刻まれているため、薄暗い店内で見分けることは難しいのだ。

ただ一人の例外は、他ならぬ瞬太自身である。かつて、客として初めてこの店で水盆占いを体験した時、キツネの嗅覚でただの水ではないことを見破ったのだ。本気になれば、ミネラルウォーターの銘柄をすべてかぎわけることができるほど、瞬太の鼻は発達しているのである。

ほどよく泡がたってきたところで、おもむろに祥明は口をひらいた。

「この激しい泡のたちかた……。尋常ではない、何かの気配を感じます。幽霊ではないが、霊的な何か……」

祥明は重々しく告げる。

おいおい、まさか、原因は狐憑きだなんて言うつもりじゃないだろうな、と、瞬太があわてふためいた時、只野はかっと小さな目を見開いた。

「沢崎君、理科の教師にこんな簡単なトリックが見破れないわけないでしょう」

苦々しい顔で言う。

「えっ⁉」

「この泡の大きさやたちかたを見ればわかりますよ。お盆に入っているのはさしずめ水酸化ナトリウム水溶液で、私が目を閉じている間に、アルミニウムを入れたんでしょう。亜鉛だとここまで勢いよく水素をだしませんからね」

「これは失礼しました。ちょっとした演出ということでお楽しみいただければと思ったのですが、まさか理科の先生でいらっしゃったとは。キツネ君、先に教えてくれないとだめじゃないか」

沢崎君がキツネ君に戻っている。祥明も内心うろたえている証拠だ。

「ごめん、理科総合はいつも寝てるから、只野先生だってこと知らなかった」

「な……！」

瞬太の爆弾発言に愕然としたのは、只野だった。

「と……とにかく、こんなあやしげなお店でのアルバイトはすぐにやめなさい。演出なんて体《てい》よく言いつくろっても、要はインチキじゃないですか」

「困るよ、先生。うちはお金がないんだから。父さんが半年前にリストラされて、母さんが一人で一家三人を養ってるんだ。おれも自分の小遣いくらい稼がないと」

「それは大変でしょうけど、奨学金制度を利用してはどうですか？」

「先生、おれの成績で奨学金がもらえると思ってるの⁉　自慢じゃないけど、運だけで高校に合格したんだよ？」

　今年の冬はインフルエンザが大流行したため、受験生が大量に欠席し、飛鳥高校では入試を受けた生徒が全員合格するという珍しい事態となったのである。その幸運がなければ、瞬太が合格するなどまずありえなかっただろう。

「そうです、キツネ君に奨学金をだすなんて、無駄遣いとしか言いようがありません。この水盆占いだって、なぜアルミニウムが水素をだすのか、何度説明しても理解できなかったんですから」

「そもそもこの泡が水素だってことを、先生に言われるまで忘れてたし」

　店主と生徒の力説に只野は絶句した。再び両手をあわせ、鼻をはさんで、考えこんでしまう。両手で鼻をはさむのが、考えこむ時の只野の癖らしい。

「経済的な事情があることはわかりました。ご両親をまじえて相談しましょう。沢崎君の家はこの近くですか？」

「うん、歩いて行けるよ。父さんと母さんがいるかどうかはわからないけど」

「かまいません。待たせてもらいます」

面倒くさいことになっちゃったなぁ、と、瞬太はげんなりしたが、アルバイトの許可はどうしても必要である。

今日は仕事を切り上げて、只野を自宅まで案内することにした。

三

陰陽屋のある森下《もりした》通り商店街から、少し坂をのぼって、狭い道を入ったところに沢崎邸はある。二階建ての小さな一軒家で、狭い庭は母のみどりが植えた草木でいっぱいだ。終わりかけの菜の花が、甘い香りをはなっている。

庭の隅にある犬小屋から秋田犬のジロが尻尾をぶんぶんふりながらかけだしてきた。瞬太が頭をなでてやると軽く目を細めるが、只野が気になるのか、いつもより少しだけおとなしい。

「ただいま」

玄関のドアをあけると、台所からいい匂いがただよってきた。夕食の支度中なのだろう。

「おかえり」

父の吾郎《ごろう》の声である。みどりはまだ仕事から帰ってきていないようだ。

「父さん、先生が一緒なんだけど」

靴を脱ぎながら声をかけると、吾郎があわてて玄関まででてきた。エプロンをつけたままである。

「どうも、沢崎瞬太の父です。あの、息子が何かしでかしましたか？」

突然の家庭訪問に、かなりうろたえている様子だ。

「実は沢崎君の授業態度に少々問題がありまして」

「ああ、寝てばっかりでしょう」

吾郎はいっきに表情をやわらげた。瞬太が寝てばかりいる、という注意が学校の先生からくるのは、沢崎家にとっては年中行事のようなもので、慣れっこなのである。

「すみません、そういう体質なんですよ。睡眠障害かもしれないと、看護師をしている家内が言っていました」

「本人も体質だと主張していましたが、アルバイトで疲れているのが原因なのではありませんか？」

「いや、そんなことはないと思いますが。まあ、立ち話もなんですので、中へどうぞ。もうそろそろ家内も帰ってくる頃ですし。瞬太は着替えてきなさい」

「はーい」

吾郎が只野を居間に案内している間、瞬太は二階にある自分の部屋に行こうとしたのだが、つい、台所をのぞいてしまった。おいしい匂いの誘惑には勝てないのだ。すると、なぜか食卓には、ローストビーフやロブスターのテリーヌといった豪華な料理がならんでいるではないか。

「今日の晩ご飯すごいね！　父さん、どうしたの⁉」

お茶をいれるために台所に戻ってきた吾郎に、目を輝かせながら尋ねる。

「池袋《いけぶくろ》のデパ地下でいろいろ買ってきたんだ。看護師長の後任に母さんが抜擢されたお祝いさ」

「へー、まだ復帰して半年なのに、母さん、すごいじゃん」

噂をすればかげの言葉通り、みどりの声で、「ただいま」が聞こえてきた。早速瞬太は玄関に走っていく。

「お帰り、母さん、看護師長になったんだって⁉　今夜はすごいごちそうだよ！」

「ありがとう。でも、たまたま看護師長さんが定年退職するのと、主任さんがご主人の転勤で引っ越しするのが重なって、母さんにおはちがまわってきただけよ。今度から夜勤も入っちゃうけど、瞬太ももう高校生だし、大丈夫よね？」

「うん、全然平気だよ」

「ところで誰かお客さん？　この靴、父さんのじゃないわよね？」

みどりは明るいモカベージュの靴を見て首をかしげた。

「瞬太のクラス担任の先生がいらしてるんだよ」

「えっ、先生がうちに⁉　瞬ちゃん、何かあったの⁉」

みどりは驚いたり焦ったりすると、瞬太のことを、子供の頃のように、瞬ちゃんとよんでしまうのだ。

「いや、たいしたことじゃないんだけど……」

「とにかくご挨拶しないと」

みどりは居間に入ると、畳に座って両手を八の字にそろえ、丁寧に頭をさげた。

「いつも息子がお世話になっております」

「これはご丁寧に恐れ入ります。今、お話しされているのが聞こえてきたのですが、看護師長にご昇進なさったとか。おめでとうございます」

「ありがとうございます」

「夜勤ありの看護師長さんともなれば、お給料もかなり昇給されたんでしょうね」

「は？　ええ、多少は……」

唐突な質問に、みどりが戸惑い気味にうなずくと、只野の目がきらりと光った。

しまった、と、瞬太は思ったが、時すでに遅しである。

「実は、息子さんは毎日、授業中に寝ています。聞けば、週に六日もアルバイトに行っているというじゃありませんか。それでは疲れて眠くなるのもあたりまえです。本人は家計を助けるためにもアルバイトを続けたいと希望していますが、私は反対です。学生の本分は勉学にあります。お母さまが昇給なさったのを機に、きっぱりアルバイトをやめるべきでしょう」

さすがは教師。たたみかけるように言われ、みどりは困りはてた様子である。

助けを求めるように吾郎の方を見るが、吾郎も困り顔で頭をかいている。

「よろしいですね？」

「あの……でも、月給をもらってみないと、本当に昇給するかどうかわからないんですよ。この不景気で、病院も全然もうかっていないみたいですし」

みどりの言葉を皮切りに、沢崎家の三人は、次々に貧乏ぶりを訴えはじめた。

「私も、今は失業保険をもらいながら家事をやっていますが、給付金もいずれはでなくなります。かと言って、この年齢ではなかなか再就職先も見つかりませんし」

実は吾郎は、趣味で組み立てて塗装したガンプラがネットオークションで売れるようになり、ちょっとした収入となっているのだが、もちろんそのことは内緒である。

「この家のローンだってまだ終わっていなくて、あたしがちょっと昇給したくらいでは焼け石に水なんです」

「おれ、大食らいだから、食費もすごいんだよ」

「私がやりくりに慣れていないせいもありますが、まったく、息子の食費は本当に大変で、家計簿は毎月赤字なんです」

「つまり、ご両親はお二人とも、息子さんのアルバイトをやめさせる気はないということですか？　このままでは、二年生に進級できるかどうかさえ危ういのですよ？」

只野の眉間のしわが、ぎゅっと深くなった。

「じゃあ、陰陽屋の店長さんに、また、瞬太の勉強をみてくださるようお願いしようかしら。受験前もずっと家庭教師みたいなことをしていただいてたんですよ」

「お母さん、勉強でしたら我々教師が、学校で教えます。授業中寝ていて、アルバイト先で教えてもらうなんて、本末転倒もはなはだしいでしょう」

「え、あ、そう……ですね」

只野に強い調子でたしなめられ、みどりも引き下がらざるをえないようだ。

「でも、アルバイトをやめて時間ができたとしても、うちで勉強をするような子でもありませんしねぇ。本人のやりたいようにやらせたいと思ってるんですよ」

吾郎がなんとか違う方向での突破を試みるが、只野の大きなため息を誘っただけだった。

「勉強嫌いの子供にもやる気をおこさせるのが、親と教師のつとめですよ、お父さん」

「はあ……」

沢崎家の三人は、途方に暮れて、顔を見合わせた。

「先生のおっしゃりたいことはよくわかりました。どうするのが瞬太にとって一番いいのか、今夜、三人でじっくり話し合ってみます」

「何とかうやむやにしてしまうつもりじゃないでしょうね？」

只野に、ひた、と見つめられて、吾郎はうろたえる。

「そ、そんなことは決して」

「よろしくお願いします」

只野はぴしゃりと言いはなつと、さっさと立ち去ってしまった。

四

只野が帰っていったあと、吾郎は玄関のたたきに座りこみ、みどりは居間の座卓につっぷし、瞬太は畳の上に寝転がった。

「まいった……」

「困ったわね……」

「腹へった……」

気を取り直して、晩ご飯を食べることにする。

「いまどきあんな熱心な先生っているのね。ありがたいことなんだけど……」

「先生が言っていることが正論なだけに、困ったなぁ」

「陰陽屋のアルバイトは、祥明におれの正体を黙っていてもらうための交換条件だから、先生が何と言おうと、やめるわけにはいかないんだよな」

瞬太がみどりに連れられて、初めて陰陽屋へ客として行った時、化けギツネであることを自分でばらしてしまったのである。その時、瞬太の正体を世間に内緒にしておいてもらうかわりに、雑用係のアルバイトをすることになったのだ。

「そうなのよね。瞬太の正体を隠し通すために、アルバイトは続けないと。もっとも、瞬太がアルバイトをやめたからって、祥明さんが瞬太のことを言いふらしてまわるとは思えないけど」

「いーや、母さん、あいつは信用しちゃダメだ。おれがやめたら、ここぞとばかりに論文とか書いて、発表しちゃうかもしれない。もとは学者の卵だったらしいし」

絶対にアルバイトは続けないと、と、瞬太は主張した。

「それはどうかしらねぇ。まあ、母さんは祥明さんのファンだから、瞬太がアルバイトを続けることに異論はないけど。どうせ陰陽屋さんをやめても、授業中ちゃんと起きていられるようになったりはしないでしょうし」

「うん。絶対ない。陰陽屋のバイトはじめる前だってそうだっただろ？」

「そうよねぇ」

かけらも迷いのない瞬太の断言に、みどりは苦笑いである。

「いっそ只野先生に本当の事情を打ち明けてみるってどうかな？」

「おまえの正体のこともか？　まず信じないだろう」

「おれが目の前で変身すれば、嫌でも信じるしかなくなるだろ？　祥明の時みたいにさ」

瞬太が明るく言うと、みどりはキッと険しい顔つきになった。

「またそんな軽はずみなことを。自分から秘密をばらしてどうするの。そもそも、只野先生は理科教諭なんでしょ？　目の前で変身なんかしてみせたら、最悪の場合、遺伝子レベルから検査させろって言われるかもしれないわよ？」

「ええっ⁉」

母の言葉に、瞬太はぎょっとした。

「そこまで考えてなかった……」

「たしかに母さんの言う通り、理科の先生に瞬太の正体を知られるのはまずいな」

吾郎も重々しくうなずく。

「あ、そうだ。おれ、どうせ授業中も寝てばっかりだし、高校やめちゃうっていうのはどうかな？」

「「絶対だめ！」」

みどりと吾郎は同時に言った。

「えー……いいと思ったんだけど……」

「あたりまえでしょ！　せっかく奇跡的に都立に合格したのよ」

「陰陽屋さんに就職するっていうならまだしも、一日二、三時間のアルバイトのために高校をやめてどうするんだ。ちゃんと将来のことも考えなさい」

「うん……」

両親に異口同音で反対され、高校中退案はひっこめざるをえなかった。

「それに、高校をやめたら、もう三井《みつい》さんにも会えなくなるわよ。いいの？　三井さんと一緒の高校に通いたくて、飛鳥高校を受験したんでしょ？」

「か、母さん、なんでそれを⁉」

瞬太は真っ赤になってうろたえた。三井春菜《はるな》は中学からの同級生で、瞬太が常々、いいなぁ、と、ひそかに思っている女の子である。小柄できゃしゃでかわいくて、その上、いつもシャンプーのいい匂いがするのだ。

「そんなのばれればれよ」

「瞬太はすぐに顔にでるからな」

吾郎もニヤリと笑う。

「父さんまで……」

瞬太は恥ずかしさのあまり、穴を掘って入ってしまいたいくらいだった。だがたしかに、高校を退学したら、三井の顔を見る機会はほぼなくなってしまうに違いない。

「とにかく高校もやめないし、バイトも続けるために、うちは貧乏っていうことで押し通すのよ。いいわね」

「わかった」

沢崎家の三人は、決意も新たに、うなずいた。

五

東京都立飛鳥高校は、王子税務署やハローワークなどのお役所と、いくつもの学校が入り混じった、公共機関エリアにある。

開校してからまだ十五年ほどで、四階建ての鉄筋校舎には空調設備が完備されており、常にここちよい眠りを瞬太に提供してくれる。特に今日のようにうららかな春の日は格別だ。チャイムが鳴っても、全然耳に届かない。

「昼休みだよ、沢崎」

瞬太の肩をゆすって起こしてくれたのは、同級生の高坂史尋《こうさかふみひろ》だった。

「おー、委員長、ありがとう」

瞬太は、うーん、と、のびをしながら答える。

委員長こと高坂は、その通称の通り、眼鏡と書物の似合う優等生である。王子桜中学きっての秀才だったのだが、インフルエンザのせいで私立の進学校を受験しそびれてしまい、瞬太と同じ都立高校に通うことになったのだ。

普通なら自分の不運を嘆き、落ちこむところだが、「沢崎と陰陽屋さんの取材は続けたいと思っていたから、また同じクラスになれて、これはこれでラッキーだったよ」と、さばさばした様子である。さすがは元新聞部部長。記者魂は健在のようだ。

「ところで沢崎、朝のホームルームで只野先生によばれてたよね？　ちゃんと覚えてる？」

「え、おれ、よばれてたの？」

「昼休みに職員室まで来なさい、って言われてたよ」

「朝のホームルームは、一応目はあけてたけど、かなり意識がもうろうとしてたから全然覚えてないや。でも、きっと、昨日のあの話だな……」

瞬太は憂鬱そうな顔で、机に頬杖をついた。

「委員長、聞いてくれる？　どこかひとけのないところがいいんだけど」

「ん？　じゃあ屋上へ行こうか」

密談の定番スポットである。

「屋上って立ち入り禁止じゃなかったっけ？」

「うん。でも、なぜか、一番北の屋上出口だけ鍵があいてるのを、このまえ見つけたんだ。たぶん点検か掃除をしたあと、鍵をかけ忘れたんだね。みんなには内緒だよ」

高坂はいたずらっぽく笑った。

四月の空は明るい色をしている。屋上へ出る銀色のドアをあけ、空調や水道の機械がならぶ列をぬけると、二人はひらけた場所に腰をおろした。銀色の手すりを背もたれにして弁当を開くと、ちょっとしたピクニック気分である。

飛鳥高校には食堂もあるのだが、沢崎家では家計節約のため、吾郎が弁当を作ってくれることになった。中学は給食だったので、吾郎が弁当作りにチャレンジしはじめてからまだ一週間ほどだが、けっこうおいしいし、いろどりもきれいだ。インターネットや本で研究したと言っていただけのことはある。

ぽかぽかの陽射しの下で、自然とまぶたが重くなるのを必死でこらえ、瞬太は昨日の顚《てん》末《まつ》を説明した。

「どうしたらいいんだろう。おれが陰陽屋のアルバイトを続けられなくなったら、委員長も困るよね？」

「そうだなぁ……」

　高坂はそう言ったきり、サンドイッチを黙々と食べている。いつもならいろいろアドバイスしてくれるのに、今回はどうも反応がにぶい。

「この先も祥明のことは追いかけ続けるって言ってたよな？」

「それなんだけど……」

　高坂は、ななめ上をむいて、うつろな笑みをうかべた。

「実はね、入学してから気づいたんだけど、この高校には新聞部がないんだよ」

「えっ⁉」

「だから、いくら陰陽屋の記事を書いても、のせる新聞がないんだ。この僕としたことが、うかつだったよ……」

　深々とため息をつく高坂。相当ショックだったようだ。

「しっかりしてくれよ、委員長。おれの鳥唐揚げも食うか？」

「いや、いいよ」

　断腸の思いでさしだしたのに、あっさり断られてしまった。瞬太はしょんぼりしながら、自分で鳥唐揚げをかじる。

「やっぱりバイトを続けるのは無理なのかな……」

「うーん……」

高坂も、新聞部時代の半分ほどの熱心さしかなかったが、一応、一緒に考えてみてくれた。

「只野先生に正体を話すのは危険だと僕も思うよ。うちの高校にはＤＮＡ解析装置もあるし」

「ええええっ、本当に⁉」

瞬太は恐怖のあまり、真っ青になる。

「バイオ室にあるよ。見たことない？」

「ない……。なんだってそんなものが高校にあるんだよ。普通、大学や研究所にあるものじゃないのか？」

「たぶんバイオサイエンスの授業用なんだろうけど、あると使ってみたくなると思わない？」

「そうかもな……」

なんて恐ろしい高校に入学してしまったんだろう。絶対に只野先生に正体をあかしちゃだめだ、と、瞬太は心に誓った。

「とはいえ、お母さんの昇給がばれてるのに、貧乏を全面に押しだして抵抗するのも難しいだろうね」

「そうか……」

「君が授業態度を改めれば、バイトの許可もおりやすくなるんだろうけど」

「無理！」

「だよねぇ」

高坂は苦笑いをうかべる。

「まあ、只野先生に、あやしい店じゃないってことをアピールしてみたら？」

実際にハンバーガー屋やドーナツ屋でアルバイトをしている生徒は何人かいる。陰陽屋も、見かけによらず、明るく健全な職場だということを強調するのがいいかもしれない、というのが高坂の案だった。

「わかった。じゃあ気が重いけど、今から行ってくるよ。ありがとう」

瞬太は弁当を平らげると、決意も新たに職員室にむかっていった。


高校生になってから、職員室に足をふみいれるのは初めてのことである。瞬太は緊張した面持《おもも》ちで戸をあけ、室内の様子をうかがった。

広い職員室の真ん中へんに、湯呑みでお茶をすすりながら書類を見ている只野の姿をみつける。

「あのー……」

只野に近づき、遠慮がちに声をかけた。只野は顔をあげ、瞬太を認めると、椅子をまわして瞬太の方をむく。

「お、沢崎君、覚えていましたか」

「ええと、まあ」

覚えていたのは、おれじゃなくて委員長だけど、と、瞬太は心の中で只野に謝った。

「ここは落ち着きませんから、化学準備室へ行きましょうか」

「はい」

瞬太は只野について三階にあがる。只野が化学準備室の鍵をあけている時、ふと見ると、隣がバイオ室だった。ガラスごしにDNA解析装置という貼り紙が見えて、ドキリとする。

化学準備室は、四畳半ほどの小部屋だった。先生の机のまわりに、化学関係の参考書や実験道具がならんでいる。

只野は瞬太に椅子をすすめると、自分も腰をおろした。

「他でもない、例のアルバイトの件ですが、あのあと、ご両親とはどういう話になりましたか？」

「うちはまだまだ貧乏だし、アルバイトは続けた方がいいってことになったんだけど……」

「そうですか」

高坂の推測通り、只野は渋い表情になる。

「あの、先生、陰陽屋はああ見えて、けっこう近所の人たちの役にたってるんだよ。一度来ただけじゃ、陰陽屋の良さはわからないかもしれないけど」

なんとかイメージアップしないと、と、瞬太は一所懸命訴えた。

「あの薄暗くて、あやしげなお店がですか?」

只野は腕組みをして、鼻にしわをよせる。昨日の水盆占いが相当悪い印象をあたえたようだ。

「とにかく、もう一度陰陽屋に来てみてくれないか!? そしたらきっと、いろいろ新しい発見があると思うんだ」

「残念ながら今日は職員会議があるので無理ですね」

「明日でも、明後日《あさって》でもいいから。な、頼むよ、先生」

瞬太が明るい茶褐色の頭をぺこりとさげると、只野は、うーん、と、困り顔で考えこんだ。

六

午後のホームルームが終わると、瞬太は大急ぎで陰陽屋にむかった。祥明に高坂の案を伝えるためである。

「なるほど、イメージ回復大作戦か。あいかわらず姑息《こそく》なことを考えるのは得意だな、あのメガネ少年」

「祥明が水盆占いで只野先生に陰陽屋の悪いイメージを植えつけちゃったから、回復が必要なんだよ」

「理科の教師だとわかっていたら、式盤《ちょくばん》を使ってたさ」

祥明はいまいましそうに舌打ちした。

式盤というのは、陰陽師が占いに使う道具で、大昔の中国から伝わってきたものである。

「それでね、委員長が言うには、只野先生は真面目だし、今日も職員会議が終わったあと、抜き打ちで来るかもしれないから、油断するなって。それどころか、明日も、明後日も来るかもしれないって」

「うは……」

銀色の扇を額にあてると、祥明はうんざりした表情でうめいた。

「嫌ならおれは店をやめてもいいんだぜ？　そのかわり、おれの正体は絶対に口外しないって約束しろ」

「そうだな」

祥明は一瞬、同意しかけた。

「いや、あのうるさい先生から解放されたいのはやまやまだが、すべての雑用を自分でやるのはもっと御免だ。それに、万が一、本当に幽霊に憑依《ひょうい》された人が来た時、キツネ君がいないとわからないじゃないか」

祥明はかつて、学術研究のために、本物の陰陽師のもとで修行をつんだ経験もあるのだが、霊感はさっぱり発達しなかったらしい。

その点、瞬太は生まれつきの化けギツネなので、なんとなくあやしい気配を嗅ぎとることができる。祓ったり鎮《しず》めたりはできないが、本物の霊障かどうかを識別できるだけでも、いるといないでは大違いということらしい。

「でも、陰陽屋に、本当に霊障のある人が来たことなんて一度もないよね？」

「開店以来、たった半年の間に一人も来なかったからといって、この先もずっと来ないという保証はないだろう」

「まあそうだけど……でもさ、祥明は幽霊なんて信じてるの？　自分じゃ全然見えないし感じないんだよね？」

「目の前に化けギツネがいるんだ。幽霊がいても何の不思議もない」

ビシッと扇で鼻のてっぺんを指し示され、瞬太はあとじさった。まさかこうくるとは思っていなかったのだ。

「何か反論はあるか？」

「ない」

これには瞬太も納得せざるをえない。

よく考えると、化けギツネと幽霊はまったく違うような気もするが、どうせ祥明の舌先三寸にかなうわけがないので、おとなしく仕事に入ることにする。

瞬太が休憩室で童水干に着替えていると、店へと続く階段をおりてくる足音が二人分聞こえてきた。片方はしっかりした力強い足どり。もう一人は軽い、柔らかな足どり。キツネは嗅覚だけでなく、聴覚もすぐれているのだ。

この二人の足音には聞き覚えがある。

瞬太は黄色い提灯をつかむと、店の出入り口まで走って、重いドアをあけた。

「いらっしゃい、三井さん、倉橋《くらはし》さん」

「こんにちは、沢崎君」

こちらは軽い足どりの主である、三井春菜だ。瞬太がいいなぁと思っていることが、両親にもばれている女子である。

「沢崎、ありがと」

瞬太を名字でよび捨てにするのは、三井の幼なじみ、倉橋怜《れい》。女子たちの間で絶大な人気を誇る、きりっとした長身の女剣士である。

二人とも飛鳥高校の制服である、紺のブレザーとチェックのプリーツスカートに身をつつんでいる。スカート丈は短く、黒いハイソックスに黒い革靴である。ちょっと違うのは、三井は胸もとにリボンをつけていて、倉橋はネクタイをしめていることだ。男子はネクタイ着用と決まっているのだが、女子はその日の気分でどちらを選んでもいいらしい。

三井と倉橋は王子桜中学時代からの瞬太の同級生だ。そして今も、高校の同級生である。そもそも、三井に「沢崎君も飛鳥高校にすればいいのに」と誘われたのがきっかけで、瞬太は飛鳥高校を受けることにしたのである。

「おやおや、お嬢さんたち、いらっしゃい。陰陽屋へようこそ」

狩衣の音をさらさらさせながら、祥明は営業スマイルで出迎えた。

「こんにちは、店長さん。高坂君から、沢崎君が大変だって聞いて、応援にきました」

「それはどうも、ありがとうございます」

「只野先生が来たら、あたしたちがここの占いをどんなに楽しみにしてるか、よく言っておきますね！」

倉橋が力強く宣言する。

「あれ、でも、倉橋さんは、部活なんじゃないの？」

倉橋は高校の剣道部でも、期待のホープとして頭角をあらわしている、という話を高坂あたりから聞いた気がする。

「大丈夫、今日は部活はお休みだから。大会直前になると毎日猛稽古《もうげいこ》で、全然休めなくなるみたいだけど」

「大変なんだね」

「運動部はどこも一緒だよ」

練習しないと勝てないしね、と、倉橋は割り切っているようだ。

「ふーん。三井さんは部活どうするか決めた？」

「美術部にするか陶芸部にするか迷い中。沢崎君はどこにも入らないの？　運動神経すごくいいから、サッカーやバスケをやればいいのに」

「おれ……」

バイトあるし、と、言いかけて、瞬太は口をつぐんだ。また一人、聞き覚えのある足音が階段をおりてくるのが聞こえたからだ。ここでうかつに、バイトがあるから部活は無理なんて言おうものなら、また、バイトをやめろと言われるに決まっている。

「なんていうか、体育会系のノリは苦手だから。すごく厳しそうだし」

「それは……」

倉橋が何か言いかけた時。

「それでは文化系の部活にしてみてはどうですか？」

高坂の読み通り、只野先生があらわれた。

「先生、来てくれたんだ」

「思ったより早く職員会議が終わったので、のぞきにきました」

「いらっしゃいませ」

祥明は昨日に続き、わざとらしい営業スマイルで出迎える。

「おや、倉橋さんと三井さんも来ていたんですね」

只野は二人の女子生徒に気づき、少し驚いたようだった。

「こんなところで会うなんて、偶然ですね。只野先生も占いですか？」

本当は待ち伏せていたくせに、倉橋は堂々ととぼけてみせる。

「先生は占いはしません。沢崎君の様子を見にきただけです」

「えー、ここの占い、すごく当たるんですよ。せっかくだからやってみればいいのに」

「二人はよくここに来るんですか？」

「あたしたち、去年の秋にこのお店ができて以来の常連なんです。ね、春菜」

「え、ええ、まあ」

倉橋の勢いに押されて、三井も同意した。実はこの二人は、今まで三、四回しか来ていないので、常連というほどではないのだ。そもそも一番安い手相占いでさえ三千円からなので、中高生のお小遣いでは、二ヶ月に一回が限度だろう。

「常連ですか……。占いに頼りすぎるというのはあまり感心しませんね」

只野は眉間に小さなしわをよせた。倉橋の誇張が裏目にでてしまったようだ。

「えっと、常連っていっても、月に一回くらいですから」

あわてて倉橋は言いつくろうが、只野は、「ふむ」と、渋面のままである。

「まあまあ、今日はちょっと珍しい占いを試してみませんか?」

祥明は式盤を持ってきて、テーブルの上に置いた。碁盤《ごばん》ほどの大きさの木製の道具である。碁盤と違うのは、四角形の台の上に、鏡餅のような、なだらかな半球形の天盤がのっているることだ。上から見ると、全面に漢字が書かれており、中央には北斗七星が描かれている。

「生年月日をお願いします」

祥明は今日も、半ば強引に、占いに持ちこむつもりらしい。

七

只野が生年月日を告げると、祥明はくるくると天盤をまわしはじめた。何度か回転させると、ピタリととめ、半球に書かれた文字を読んでいく。

「この年の二月二八日生まれだと、月将《げっしょう》が亥《いのしし》、日干支《ひえと》が乙巳《きのとみ》日で、課体は七局返吟《へんぎん》課。うーん、これは、苦労のたえない運勢です。ですが、その一方で、三伝四課の中に玄武《げんぶ》が三つも入っています。玄武格の人は、頭が良く、弁舌がたくみで、学問や芸術で成功をおさめると言われています。ただし、巳と同宮していますから、独立して塾などの事業をはじめられることにはむいていません。ああ、さすが先生。持って生まれた才能を示す一課に朱雀《すざく》がきていますね。朱雀は学識や知恵の象徴です。金運を示す二課も吉将で……」

祥明はすらすらと説明していく。

式盤を使う占いでは、十二天将が一課から四課のどこに入るかでそれぞれもつ意味合いが違ってくるのだが、どうやら祥明はそれを全部暗記しているらしい。面倒くさがりのくせに、よくそんなに覚えられたものである。ただし、祥明が間違ったことを言ったとしても、誰にもわからないのだが。

「もうけっこうです、わかりました」

とうとう続く祥明の解説を、只野は手で制した。

「店長さんがよく勉強しておられることはわかりましたが、これって、結局、ただの誕生日占いですよね？　星座占いとどう違うんですか？」

「さすがは先生、鋭いご指摘ですね」

　祥明はにっこりと答える。

「この占いでは、おおよそ二十五歳までの運勢を示す初伝、二十六歳から六十歳にかけての中伝、六十歳以降の末伝を、詳しくみていくことができます。特に、こういうトラブルにまきこまれやすい、という例示が具体的で、トラブル防止につながるのが特長です」

「ふむ」

「また、式盤では、人の命運の他にも、明日は晴れるか、とか、失せ物はでてくるか、待ち人はいつあらわれるか、生まれてくる子の性別はどちらかなどの、さまざまな事象を占うことができます」

「平安時代ならともかく、そんなことを占ってほしいという人がいるんですか？」

「まずいません」

　祥明は笑顔で答えるが、只野は、当然でしょうね、と、けんもほろろに切り捨てる。

「双子の場合、運勢はまったく同じになるんですよね？」

「そうなりますね。おっしゃりたいことはわかります。同じ日に生まれても、同じ人生を歩んで、同じ日に死ぬなんてことはありえない、でしょう？」

　只野は不満そうな顔でうなずく。

「運勢なんて、あくまで指針ですから。占いは当たるも八卦《はっけ》、当たらぬも八卦。エンターテイメントとしてお楽しみいただければいいと思っています」

祥明得意の、占いエンターテイメント説である。たいていの人は、この「占いなんて当たらなくても楽しければいい」という独特の論法に目を丸くしているうちに、言いくるめられてしまうのだ。

だが、只野は違った。

「それはどうでしょう」

「え？」

「あなたは占うことによって、お金を得ておられるわけですよね？　当たるも八卦などと無責任なことを言わず、もっと真面目に、どの占い方が一番当たるか検証を重ねて、正確な占いを心がけるべきです」

「……検証、ですか」

さすがの祥明もこれは予想外のクレームだったらしく、言葉に詰まった。

「ええ。他の占いとの厳密な比較検討はしましたか？」

「でも先生、占いは理科の実験じゃないんだから、正確ならいいってものでもないと思うんですけど」

見かねた倉橋が口をだす。

「倉橋さん、これはお客さんに対する誠意の問題です。残念ながら安倍さんは、正確な占いをすべく最大限の努力をしているとは思えません。占いはエンターテイメントだなんて、そんないい加減な姿勢のお店に出入りするのはどうかと思いますよ」

「えー⁉」

　倉橋は不満そうに口をとがらせた。隣の三井もびっくりしている。

「貴重なご意見ありがとうございました。心がけておきます」

　これはまともに反論しても永遠のすれ違いだと感じたらしく、祥明はあっさり撤退した。はずだった。

　しかしここに、思わぬ援軍が登場したのである。

「そんな頭でっかちの言うことなんか、聞くことないわよ」

　黒いドアをあけはなち、両手を腰にあてて仁王立ちしていたのは、近所で中華料理屋のおかみさんをしている金井江美子《かないえみこ》だった。月に一度は陰陽屋に来る、本物の常連客である。江美子の足音は瞬太の聴覚でとらえていたはずなのに、つい只野と祥明のやりとりに気をとられて、出迎えに行きそびれていたのだ。

「いらっしゃいませ、江美子さん」

　祥明が急いで営業スマイルを顔にはりつけると、江美子はさっさと店の奥まで入ってきた。腕組みをして、只野を見おろす。

「あんた、陰陽屋さんに来たのは初めて？」

「昨日も来たので二度目です」

「見たところ、この子たちの学校の先生らしいけど」

「その通りですが」

江美子はぐっと前かがみになって、椅子に腰かけている只野に顔を近づけ、にらみつけた。

「陰陽屋さんの占いにケチをつけるのはやめてくれる？　ここはそういう店じゃないのよ」

「おっしゃる意味がよくわかりませんが……」

「ここでは店長さんに手を握ってもらって、手相を占ってもらうのが大事なの。このきれいな顔を見ながらおしゃべりにつきあってもらうと、仕事の疲れがいっきにふきとぶんだから」

江美子は自分の顔を両手ではさんで、うっとりと言う。

「はあ？」

「つまり、あたしにとっては、ここはパワースポットなのよ」

江美子は鼻息も荒く、高らかに宣言した。

「な、何ですかそれは。ホストクラブじゃないんですから」

只野は驚きつつも、呆れ返っている。

「あら、店長さんは昔、伝説のカリスマホストだったこともあるのよ」

「な……！」

「ホストは一ヶ月しかやっていません。伝説のカリスマホストなんて、冗談ですよ」

祥明は笑顔で、だが若干早口で弁明する。きっと心の中で、勘弁してくれ、と、叫んでいるに違いない。

「ホストのやっている店に、大事な生徒が出入りしていたなんて……！」

痛恨の極みと言わんばかりの狼狽《ろうばい》ぶりである。

「今はただの陰陽師です」

「手を握って女性客を接待する陰陽師なんて聞いたことありませんよ。沢崎君、こんな不健全な店でアルバイトをするなんて絶対に禁止です！　倉橋さんも、三井さんも、二度とここに来ないように！」

只野は立ち上がって、生徒たちに言い渡した。

「えーっ、なんで⁉　ただの手相占いなのに」

倉橋が抗議するが、只野は耳を貸そうとせず、「さあさあ、帰りますよ」と、生徒たちの背中をドアにむかって押す。

「えっ、いや、先生、ちょっと待ってよ」

瞬太は両手をひろげて、只野の前に立ちはだかった。

「沢崎君、聞こえなかったんですか？　君も今すぐ帰りなさい」

「お待ちください、只野先生。キツネ君は貴重な戦力なんです。急にやめられては困ります」

「いいえ、これ以上こんなあやしい店で生徒を働かせるわけにはいきません」

「……占いがエンターテイメントで何がいけないんですか？」

祥明のスーパー営業スマイルのかげで、何かがプチッと切れるのが瞬太には聞こえた気がする。

「お客さまに楽しみを提供して、報酬をいただく。正当なビジネスです。只野先生はエンターテイメントをばかにしておられますが、そもそも先生の授業でキツネ君が爆睡してしまうのは、授業が面白くないからじゃありませんか？」

ついに祥明が本性をあらわして、毒舌を炸裂《さくれつ》させはじめた。顔がにこにこしているだけに、妙な迫力がある。

「いくら授業内容が正確でも、生徒が起きていられないような退屈な授業をして給料をもらう方が、よほどぼったくりですよ。他人の営業方針に嘴《くちばし》をつっこむ前に、自分のつまらない授業を反省したらどうなんです」

「なんですって!?」

只野の顔が真っ赤になった。鞄のベルトを握る手が、怒りでかすかに震えている。

「客は店を選べますが、生徒は教師を選べないんですよ。それをいいことに、最善の努力を怠《おこた》っているのはあなたの方でしょう。そもそも子供の教育は義務ではなく権利なんですよ。それを無理矢理押しつけるのは傲慢《ごうまん》としか思えませんね」

「祥明、もうやめろ！　只野先生の授業は退屈じゃない！」

「沢崎君⁉」

只野の顔がぱっと明るく輝いた。

「おれは、この授業は面白いとか、退屈だとか思う前に、もう寝てるんだよ！」

瞬太にむけられた只野の笑顔が凍りつく。

「沢崎君……」

只野の寂しそうな声が響いたあと、店内に気まずい沈黙がたれこめた。

なぜか只野は、祥明の毒舌攻撃にさらされていた時よりも、はるかにショックをうけた様子である。

「あ、あれ、あの、おれ、何か変なこと言った……？」

瞬太があわてて周囲を見回すと、倉橋はにやりと笑い、三井はあっけにとられたような顔をしていた。祥明は肩をすくめ、江美子はブッとふきだす。

「えー……」

祥明はすっかり勢いをそがれたらしく、わざとらしく咳《せき》ばらいをした。

「うちは私とキツネ君の二人きりの店です。一人いなくなったら、人手が半減してしまいますので、その点、ご配慮いただければ幸いです」

「では今週いっぱい猶予《ゆうよ》期間を設けますので、かわりを探してください」

只野は今度こそきびすを返して、黒いドアからでていったのであった。

八

その夜遅く、準夜勤から帰宅したみどりを、瞬太はしょんぼりした顔で出迎えた。

食卓で夜食をとるみどりのむかいに座って、今日のできごとを、ぼつぼつと説明する。

「かえって先生の陰陽屋に対するイメージを悪化させちゃったよ……」

両手で頬杖をつき、瞬太はため息をついた。

「三井さんも、倉橋さんも、江美子さんも、陰陽屋さんを擁護《ようご》するつもりで来てくれたけど、裏目にでちゃったのね」

「うん」

「終わったことをくよくよ考えても仕方ないわよ。今後のことを考えましょう」

「さすが新看護師長。前むきだねぇ」

吾郎がさしだした湯呑みを受け取りながら、みどりは、前むきなのは生まれつきだから、と、照れたように笑う。

「でも、もう、何をどうすればいいのか、さっぱり思いつかないよ。母さんには何かいいアイデアがあるの?」

「とにかく、陰陽屋には瞬太が必要で、他の人じゃかかわりになれないって証明できればいいんじゃないのかしら?」

「そりゃおれがいないと陰陽屋がつぶれるから、絶対にやめられないってことにでもなれば、先生もちょっとは考えてくれるかもしれないけど……」

「でしょ？」

「でもおれがやってるのって、雑用ばっかりだよ？　祥明は霊障のあるお客さんを見分けるためにおれが必要だって言ってるけど、そんな理由で只野先生が納得してくれるかなぁ」

「陰陽屋にはすっかり悪い印象が定着しているから、霊障のあるお客さんを見つけだして、霊感商法であやしい品物を売りつける気か、なんて言われそうだね」

　吾郎の意見に、瞬太はうなずいた。

「しかも実際にお守りを売ってるからなぁ……」

　瞬太は頭をかかえて、食卓につっぷす。

　みどりはお茶をすすると、しばし考えこんだ。

「切り口をかえて、瞬太の人気でお店がもってるってことにしたらどう？」

「それは先生をだますことになるんじゃ……」

「そんなことないわよ。瞬太にも大ファンが一人いるじゃない」

「いたっけ？」

「いるいる」

　みどりは自信まんまんの笑みをうかべた。

最後の切り札として投入されたのは、仲条律子《なかじょうりつこ》であった。白髪《しらが》まじりの髪をきっちりと結い、古くさい灰色のスーツに黒いタイツをはいた六十代の老婦人である。

律子は以前、家出した娘の捜索を依頼にきた客で、今のところ、瞬太めあてで陰陽屋に通ってくるただ一人の女性である。

学校帰りの瞬太が、陰陽屋の黒いドアをあけると、早速律子が店内で待ちかまえていた。

「ばあちゃん、いらっしゃい」

瞬太が手をふると、律子はとたんに、太い黒縁眼鏡の奥の目を細める。

「瞬太ちゃん、元気？　今日もプリンを作ってきたわよ」

「本当に⁉　ありがとう」

プリンの入った紙袋を受け取り、瞬太はほくほく顔である。

「先生、この人は仲条さん。おれのことを孫みたいにかわいがってくれてる常連さんなんだ」

瞬太は只野に律子を紹介した。昨日の今日なので、只野はまったく気乗りしない様子だったのだが、今日こそは陰陽屋をやめられない理由をちゃんと説明するから、という、瞬太の熱心な勧誘に根負けして、しぶしぶ陰陽屋へ足をはこんだのである。

「初めまして、飛鳥高校で沢崎君の担任をしている只野と申します」

只野が挨拶すると、律子の目がきらりと光った。みどりや祥明から事情を聞いて知っているのだ。だが律子はそのことにはふれず、大げさな笑みをうかべてみせた。

「あらあら、先生でしたか。瞬太ちゃんがお世話になっています。瞬太ちゃんの大ファンの仲条です」

口もとに手をそえ、ほほほ、と、しらじらしい笑い声までたてる。今日はサクラとしての使命を完遂してみせる、という決意の炎が、律子の背後でメラメラと燃え上がっているのが見えるようだ。

「はあ、大ファンですか」

当然ながら、只野は戸惑い気味である。

「ばあちゃんは時々、おれにプリンを持ってきてくれるんだ」

「瞬太君は本当においしそうに食べてくれるから、作りがいがあるんですよ」

「占いもお祓いもしないのに、わざわざプリンを届けに板橋《いたばし》から来てくれることもあるんだ」

「ほう」

只野が感心しているのに気をよくして、瞬太はさらにたたみかけた。

「ばあちゃん、もし、おれが陰陽屋のアルバイトをやめちゃったら寂しいよな？」

「あたりまえよ。瞬太ちゃんにプリンを食べてもらうのは、老い先短い年寄りの最後の生き甲斐ですからね。ずっと陰陽屋にいてくれないと」

都合のよい時ばかり高齢者ぶるのは、律子の得意技である。

「沢崎君の家にプリンを届けるんじゃだめなんですか？」

「ご両親がいる家に赤の他人のあたしがプリンを差し入れになんて行けるわけないじゃないですか。お店だからいつでも気軽に来られるんですよ」

「なるほど」

律子の力説に、只野はうなずいた。

「そう言われると、なかなか沢崎君を他のアルバイトと交替というわけにもいきませんねぇ」

祥明が、さりげなく、瞬太の必要性をとく。

「沢崎君にやめられたら、売り上げに大ダメージ、陰陽屋存続の危機になってしまいます」

「でも、毎回占いをしているわけじゃなくて、プリンだけ差し入れにくることもあるんですよね？　売り上げにはそんなに関係ないんじゃないですか？」

「そ、それは……」

しまった、と、思うが、もう遅い。

「あら、占いをしない時は、人捜しをしてもらったり、お祓いをお願いしたり、いろいろなんですよ」

「そ、そうだった」

人捜しはともかく、お祓いなんか律子に頼まれたことあったっけ、と、思いつつも、瞬太は口裏をあわせた。

「実は今日も、お祓いをお願いしようと思って来たんです」

「おや、何か気になることでもおありですか？　まずはお話をうかがいましょう」

「プライベートなご相談でしょうから、私はご遠慮しますね」

只野はそそくさと立ち去ろうとする。

「あら、あたしはかまいませんよ。いてください」

「しかし……」

「瞬太ちゃんの立派なお仕事ぶりを、ぜひ、先生にも見ていただかないと」

「はあ……」

帰ろうとする只野を、律子は強引にひきとめた。あまりにもあからさまなので、サクラだとばれやしないかと、瞬太はひやひやする。

瞬太が童水干に着替えて、キツネ姿でお茶を持っていくと、神妙な顔で律子が相談をはじめたところだった。隣に座らされた只野は、かなり居心地が悪そうだ。

「最近、首すじから左肩にかけてが妙にこるんですよ」

律子はいかめしい顔をしかめて、右手で肩をもんだ。

「マッサージにも行ったんだけど、全然よくならないんですよ。まえテレビで、悪い霊に取り憑かれると左肩が重くなるってやってたから心配で。念のためお祓いをお願いできるかしら？」

「悪い霊、ですか」

祥明はちらりと瞬太を見た。本当か？と、目で尋ねる。

瞬太は小さく頭を左右にふった。そもそも、この強面《こわもて》の老婦人に取り憑く悪霊や狐なんているわけがない。

「最近では、重いを通り越して、痛いくらいなんですよ」

律子は本当に困っているという顔で祥明に訴えた。大熱演だ。

「それはいけませんね」

いつもの祥明なら、面倒くさがりを発揮して、「そんなのただの肩こりだから湿布を貼っておけば大丈夫ですよ」と、さっさと追い返してしまうところだが、今日は別人のように真剣な表情で律子の相談を聞いている。もちろん、世間に役立つ陰陽屋を只野にアピールするためだ。

「わかりました。特に悪い霊というのは感じられませんが、どうしても気になるということでしたら、念のために、お祓いをさせていただきます」

あくまで誠実そうな態度で祥明は引き受けた。

祥明、律子、瞬太の三人は、神棚の前にならんで立つ。只野はテーブル席から、ひたすら困惑した表情で、お祓いの様子を見ている。

祥明には暗誦《あんしょう》できる祭文《さいもん》がふたつしかないのだが、そのうちの長い方をゆっくりと唱えはじめた。すると、急に、老婦人が左肩を押さえて苦しみはじめたではないか。

「おのれ、悪霊……うっ……」

うめきながら、床にがくりと膝をつく。

迫真の演技である。

だが、この薄暗い店内でもわかるくらい、顔がどんどん蒼《あお》くなっていくし、どうも様子がおかしい。

「ばあちゃん!?」

さすがに瞬太は心配になって、律子のそばにしゃがみこんだ。

「仲条さん、大丈夫ですか？」

祥明も祭文を中断して、問いかける。

「く、苦しい……」

律子の額に脂汗がうかぶ。どう見ても演技ではなさそうだ。

「これは、救急車をよんだ方がいいんじゃありませんか？」

只野も椅子から腰をうかせて言った。

「お祓いを……つづけ……」

そう訴える声は、律子の声とは思えないほど弱々しい。

「ばあちゃん、もう、サクラはいいよ！　演技ならやめてくれよ！」

泣きそうな顔で瞬太は叫ぶ。

「瞬太ちゃん……」

肩を押さえたまま、律子は床にうずくまってしまった。

「救急車をよびましょう」

祥明は決断した。

九

制服に着替えた瞬太が救急車につきそいとして乗りこみ、手を握っている間も、律子の顔色はどんどん青白くなっていく。

「ばあちゃん、大丈夫か、ばあちゃん⁉ しっかりしろ！」

救急車のサイレンに負けないよう、大声で瞬太がよびかけると、律子は小さくうなずく。だが、もう話す余裕もないようで、時おり苦しそうにうめくだけだ。

板橋の大きな病院まではこばれた律子は、ストレッチャーにのせられたまま、救急処置室に入っていった。瞬太は中に入れてもらえなかったので、律子のバッグと靴をかかえ、ドア前で待っているしかない。

ドアのむこうから聞こえてくる緊張をはらんだ声と、病院中にしみついた薬品の臭いが、瞬太をより一層不安にさせる。

廊下にソファもあったのだが、じっとしていられなくて、行ったり来たりしていると、見覚えのある老人が急ぎ足で近づいてきた。髪は真っ白なのになぜか眉だけは黒く、口をぎゅっとひき結んでいる。

「ああ、瞬太君、家内は中かね？」

律子の夫だった。祥明から連絡をもらったのだという。

「うん。つきそいの人は検査や治療の邪魔だから、よばれるまで外で待ってろって」

律子のバッグと靴を渡しながら、瞬太は言った。

「……ばあちゃん、すごく左肩が痛いって、うちの店で倒れちゃって……。ごめん、おれのために陰陽屋まで来てもらったせいかもしれない」

「肩こりがひどいというのは、まえまえから言っていたんだ。瞬太君のせいじゃないさ。むしろ、こちらこそ迷惑をかけて悪かったね。遅くなるといけないから、あとは私にまかせて帰りなさい」

「でも……」

「どうせここで待っていても、私たちに何かできるわけじゃない。だったら一人で十分だ。違うか？　何かわかったら、電話するから」

「うん……」

瞬太はしょんぼりとうなずいた。

仲条律子の夫から電話がかかってきたのは、その夜遅くのことだった。念のためしばらく入院して様子をみることになったが、命に別状はないから安心しなさい、と、言われ、瞬太は心底ほっとした。

翌日、授業が終わると、瞬太は病院までお見舞いに行くことにした。たどたどしい手つきで祥明にメールをうつと、板橋行きのバスに乗る。

六人部屋の一番手前のベッドで、退屈そうにテレビを見ていた律子は、瞬太の姿が目に入るとぱっと顔を輝かせた。

「あら、まあ、瞬太ちゃん」

昨日に比べると、だいぶ顔色もよくなっている。

「もう大丈夫なの？　これ、お見舞い」

瞬太はコンビニで買ってきたおまんじゅうをさしだした。

「ありがとう。もうすっかり元気よ。そうそう、昨日は病院までついてきてくれてありがとう。嬉しかったわ」

「それくらい、たいしたことないよ。それで、左肩は何だったの？　もしかして、骨でも折れてた？」

「それがなんと、軽い心筋梗塞《しんきんこうそく》だったのよ」

「ええっ、心筋梗塞⁉　おれ、よく知らないけど、それってすごく大変な病気じゃないのか⁉」

「まあねぇ。お祓いを受けるまえに病院に行け、バカモンって、夫にも怒られちゃったわ……」

律子は、照れ笑いをうかべる。

「でも、ずっと、肩こりだと思ってたんだもの。肩こりで病院に行く人はいないでしょ?」

「心臓は痛くなかったの?」

「今にしてみれば、あれがそうだったのかもって痛みはあったんだけど、ずっと肋間《ろっかん》神経痛だって勘違いしてたのよ。毎年健康診断は受けてたけど、心電図の検査でも何ともなかったし」

とにかく自分はひどい肩こりだと固く信じていたのだという。

「でも、なにも陰陽屋さんで倒れなくてもいいのにねぇ。我が心臓ながら、ふがいないわ。せっかく瞬太ちゃんのために、一肌《ひとはだ》ぬげるってはりきってたのに。かえって迷惑をかけちゃって悪かったわね。担任の先生、何か言ってた?」

「いや、別に」

昨日は病院をでたあと、まっすぐ帰宅したので、その後の只野の反応はわからない。だが、店で律子が倒れた時に、つい「サクラはいいよ」なんて口走ってしまったので、只野の陰陽屋に対する印象はどん底まで悪くなったに違いない。

さすがに今日はもう、瞬太の方から、陰陽屋へ来てくれと頼む気にはなれなかった。

「瞬太ちゃん、今日も陰陽屋さんのアルバイトじゃないの?」

「ああ、うん。遅れるって祥明にメールしといたから、大丈夫」

「そう。でも、そろそろ行きなさい」

瞬太は少し迷った。

だが、この調子だと、陰陽屋でのアルバイトは間違いなく今週で終わりになりそうだ。しかも今日はもう金曜日だから、明日が最終日ということになる。せめて最後の二日間はちゃんと行くことにしよう。

「また来るね」

瞬太は茶褐色の頭をぺこりとさげた。


瞬太が王子に戻ったのは、五時半すぎだった。

森下通り商店街は、駅にむかう専門学校の生徒たちと、駅から帰宅する人たちで混みあっている。

だらだら進む人波をすりぬけて、瞬太は陰陽屋へ急いだ。おでん屋やラーメン屋のおいしそうな匂いのせいで、お腹がキュルキュルなるが、ぐっと我慢する。

階段をおり、陰陽屋の黒いドアをあけると、予期せぬ人物が瞬太を待ち受けていた。

只野である。

「先生……」

頼んでいないのに、自発的に来てくれたということは、また、お説教だ。心当たりも大ありである。

「仲条さんの様子はどうでしたか？」

「けっこう元気だった。入院してるわりにはってことだけど」

「そうですか。それはよかった」

「ええと、あの、おれ、着替えてくるよ」

「お話があります。ちょっと外を歩きながら話しませんか？　ここだとお客さんが来た時、邪魔になりますから」

きた。やっぱりお説教だ。

「でも、仕事があるから」

期待をこめて祥明を見るが、「三十分くらいならかまいませんよ」と、あっさり許可されてしまった。

「じゃあ行きましょうか」

只野はドアにむかってさっさと歩きはじめた。

全然気がすすまなかったが、ここで抵抗しても、どうせ明日また職員室によびだされるだけだ、と、考え直す。

二人は階段をのぼり、夕暮れ時の商店街をゆっくり歩きだした。雲も空も街並みも、まんべんなく淡いピンクオレンジのベールがかけられたような色に染まっている。おいしそうな料理の匂いに混じる、銭湯の石鹼の香り。

「昨日の仲条さんはサクラだったんですね？」

「うん、うちの母さんが頼んだんだ。おれめあてで通ってくる常連さんがいるってアピールすれば、おれが陰陽屋ですごく必要とされてるって、先生も納得してくれるんじゃないかって」

今さらごまかしようもないので、瞬太は正直に話した。

「そうですか」

「でも、仲条のばあちゃんがおれに時々プリン持ってきてくれるのは、嘘じゃないよ。あと、肩が痛かったのも本当だったんだ」

「今日、仲条さんからも学校に電話があって、そのことは聞きました」

「えっ、病院から？」

「おそらくそうでしょうね。ロビーかどこかの公衆電話のようでした」

只野は、歩きながら、いつもの両手で鼻をはさむポーズをした。

「沢崎君は、どうしてそんなに陰陽屋さんのアルバイトを続けたいんですか？　正直言って、君の家は、それほど困窮しているようには見えませんでした。何か自力で買いたいものでもあるんですか？」

「自分で自分の小遣いくらい稼ぎたいだけなんだけど、そんなに変かな？」

「変ではありませんが、いまどきそんな殊勝な心がけの高校生は滅多にいません。絶滅危惧種です」

「そうなのかー」

おれは存在自体が絶滅危惧種だからな、と、妙に納得する。

「ご両親もアルバイトを続けさせたいと希望しておられましたが、まさか、お金を稼いでくるように強要されているんじゃないでしょうね？」

「違うよ！」

瞬太はあわてて否定した。

「いや、うちが貧乏だから、おれが働かないといけないのは間違いないんだけど、でも、本当はそんなに家計の足しになってるわけでもないし……あ、あれ？」

瞬太は自分で自分が何を言っているのか、わけがわからなくなってきた。

「先生、おれ、養子なんだ。赤ん坊の頃、そこの王子稲荷の境内に捨てられてたのを、母さんに拾われたんだよ」

どうやら只野は知っていたらしく、特に驚いた顔はしなかった。もっとも、小中学校時代の同級生たちはほとんどが知っている有名な話なので、只野の耳に入っていても何の不思議もない。

「だから、なるべく親には迷惑をかけたくないんだ。本当は高校だってやめてもいいんだけど、それは絶対だめだって父さんと母さんがうるさいし」

「でも、それなら別に、あのうさんくさい店じゃなくても、もっと高校生のアルバイトとしてふさわしい仕事が他にもありますよね？　新聞配達とか、ファストフードとか」

「うん、それなんだけど」

瞬太はちょっと考えこんだ。

最大の理由はもちろん、自分の正体を祥明に知られていることにある。だが、それだけだろうか。

「おれがいないと困るって祥明が言うし……。ほんのちょっとだけど、祥明にはできなくて、おれにはできることがあるから。あと、おれがっていうよりは、陰陽屋がだけど、商店街の人たちの役にもたってるんだよ。たまにだけど。そこの王子茶舗《ちゃほ》の盗難事件だって……」

「ああ、アライグマが和菓子を盗んでいたっていう一件ですか」

「あれ、先生、どうして知ってるの？　委員長から聞いた？」

「昨日、茶舗のご主人から聞いたんですよ」

「へ？」

「昨日、救急車をよんだりしたものだから、一体どうしたんだ、って、商店街の人たちがでてきたんですよ。君はつきそいで救急車に乗りこんだから、気づかなかったかもしれませんが」

「ああ、そういえば、野次馬がいたような……？」

「真っ先にとびだしてきたのが、中華料理屋のおかみさんです。江美子さんでしたっけ？それから茶舗のご主人、タクシー会社の社長さん、洋食屋のオーナーさんなど十人以上いましたね」

江美子に、「毎日毎日、何をしに来ているの？」と尋ねられ、「教え子のアルバイト先として陰陽屋が適切なのか、様子を見に来ているのだ」と答えたからさあ大変。

陰陽屋がいかに地元商店街の役にたっているか、皆、口々に熱く語りはじめたのである。

王子茶舗の和菓子盗難を解決した件、年越しイベント「狐の行列」に参加して女性客を喜ばせた件、また、新店舗建設の際、反閇《へんばい》という陰陽道の祭礼をしてもらい、商店街のイベントとしておおいに盛り上がった件。

「もっとも、正式な地鎮祭は王子稲荷の神主さんに頼んだっていうあたりが泣けましたけどね」

「ははは……」

あの時は、さすがの祥明も内心傷ついたようだった。

「まあ、陰陽屋が意外に、と言っては失礼ですが、この商店街の人たちの役にたっているということは私も認めましょう。いや、商店街の人たちを楽しませているという方が正確かもしれませんね」

「だろだろ？」

瞬太は得意満面である。

「ついては、様々な事情を勘案して、アルバイトの申請を許可することにしました」

「本当に!?　陰陽屋でバイトを続けてもいいの!?」

「一点のうさんくささもない店かというと若干の疑問は残りますけど、まあ、いいでしょう。それに……」

　只野は苦笑いをうかべる。

「君の友だちが入れ替わり立ち替わりやってきて、沢崎が朝から学校で寝ているのは小学校の頃からの体質で、仕事とは関係ないって力説するんですよね」

　そんなばかなと思ったが、念のため瞬太の出身校に問い合わせたところ、その通りだと判明したのだという。

「小中学校はもとより、幼稚園の先生まで沢崎瞬太のことはあきらめろと言っておられましたよ」

「いやー、ははは、照れるなぁ」

　瞬太がへらへら笑っていると、急に只野は足をとめた。瞬太の顔を正面から見すえる。

「でも私は絶対あきらめませんからね、沢崎君。君がちゃんと授業中起きていられるようになるまで、とことん起こし続けますから、覚悟しておいてください！」

「うっ」

「そしていつの日か必ず、理科総合は面白いと言わせてみせます！」

「ええっ⁉」

　いつのまにか二人の周囲に集まっていた商店街の皆さんから、笑いと拍手がおこった。

「がんばれよ、キツネ君！」

「あ……ははは……」

陰陽屋のバイトが大変だから寝ていたことにした方が同情をひけてよかったかなぁ、と思っても、もはやあとのまつりなのであった。

第二話

占いにはご用心

一

すっかり桜も葉桜となり、飛鳥山《あすかやま》公園の主役がつつじへとうつりかわりつつある四月の下旬。

いつものように午後四時すぎに瞬太《しゅんた》が陰陽屋《おんみょうや》へ行くと、店主は休憩室でごろごろしながら漫画を読んでいた。

「今日も暇だねぇ、キツネ君」

あくびまじりに祥明《しょうめい》が言う。

「あと一週間ちょいでゴールデンウィークだけど、店はどうする？」

瞬太は童水干《わらべすいかん》に着替えながら尋ねた。

「もちろん閉めるさ。東京中から人がいなくなる時に店を開いても、どうせ誰も来やしないしな。キツネ君も家族旅行に行っていいぞ」

「いや、うちは母さんが仕事だから。祥明こそ槙原《まきはら》さんと遊びに行ったりしないのか？」

槙原秀行《ひでゆき》は、瞬太が知る限り、祥明の幼なじみにして唯一の友人である。

「なんでせっかくの連休を男とでかけないといけないんだ。一人で本を読んでいる方が百倍ましだろう」

祥明は眉を片方つりあげた。

「それに、あいつは柔道の子供教室があるんじゃないのかな」

槙原は、平日はコンビニでアルバイトをし、土日は自宅で祖父が開いている柔道教室を手伝っているのである。

「槙原さんって働き者だよね。祥明と違って」

「彼女がいない寂しさを仕事でまぎらわせているのさ」

祥明は鼻先で笑った。自分だって彼女なんかいないくせに、ひどい言いようである。

「あのー……すみません」

ためらいがちなよびかけを聞いて、瞬太がドアまでかけつけると、長身の女性が立っていた。栗色の長い髪。かっちりしたオレンジのスーツ。高そうな本革のバッグと靴。首にスカーフを巻いているせいか、フライトアテンダントっぽい雰囲気を感じさせるきれいな人だ。

少なくとも瞬太は初めて見るお客さんである。

「いらっしゃい」

瞬太は、黄色い提灯《ちょうちん》を片手に、ぺこりと頭をさげた。

「ここって、陰陽屋さん……で、あってますか？」

「あってるよ。中へどうぞ」

女性客は、瞬太について歩きながら、薄暗い店内をきょろきょろと見回している。右手に持っているB５の紙は、二月に、高坂《こうさか》が東京経済新聞の読者スクープ大賞をとった記事のコピーのようだ。おそらくこの記事を見て、陰陽屋を訪ねてきたのだろう。しかも女性となると、めあてはおそらく……

「いらっしゃいませ、陰陽屋へようこそ」

几帳《きちょう》のかげからでてきた陰陽師を見て、女性客は大声をはりあげた。

「捜したわ、ショウ！」

今にもとびつかんばかりの勢いで祥明にかけよる。

やっぱりな、と、瞬太は思った。

ショウというのは、祥明のホスト時代の源氏名である。高坂の記事が新聞に掲載された直後は、祥明がホストをしていた頃の女性客が続々と陰陽屋につめかけたものだった。最近はすっかり落ち着いたが、なんだかんだで、五十人はこえただろう。高坂が祥明のことを「伝説のカリスマホスト」と紹介していたのを読んだ時は、事実を百倍くらいにふくらませてるんじゃないのかと疑ったものだが、祥明が店にでていたのは、ほんの一ヶ月だけだというから、その短期間で五十人以上の女性のハートをつかんだのだとすると、並のホストでなかったことは間違いない。

「ええと、あなたは……季実子《きみこ》さんでしたよね？」

祥明は三秒ほどで思い出した。この男は、性格は悪いが、やたらに記憶力だけはいいのである。

「覚えていてくれたのね、ショウ。そうよ、細川《ほそかわ》季実子よ。随分髪がのびたのね。急にあなたがお店をやめちゃって以来だから、かれこれ十三ヶ月ぶりかしら？」

「ああ、そのくらいかもしれませんね。わざわざ王子まで足をおはこびいただき恐縮です。久しぶりに手相占いでもいかがですか？」

「……ショウ、あたしの手相を占ったこと、覚えてるのね。よかった」

なぜか季実子は、名前を思い出してもらった時よりも嬉しそうな顔をした。

「え？」

「十三ヶ月前、あたしはまだ二十九だったわ。その時、あなたは占いで、あたしは三十までに結婚できるって言ったのよ……」

季実子はちらりと上目遣いに祥明を見る。

「そう……でしたっけ？」

「ええ。でも、結婚できないままに、三十の誕生日を迎えてしまい……先週、ついに、三十一歳になってしまったわ……」

季実子は切れ長の目で、きっ、と、祥明をにらんだ。

「いまだに運命の人があたしの前にあらわれないってどういうこと⁉　責任をとって、あなたがあたしと結婚してよ！」

「えっ⁉」

珍しく祥明の顔が凍りついている。

瞬太もびっくりして、大きな尻尾《しっぽ》をぴんと立ててしまった。幸い季実子は祥明をくいいるように見つめていて、瞬太の異変には気づかなかったようだ。そっと尻尾をもとにもどす。

しかし、陰陽屋でアルバイトをはじめてから半年になるが、占いがはずれたから責任をとれと言ってきた客は初めてである。しかも、結婚ときたものだ。

「冗談ですよね……？」

「本気よ。あなたの仕事が不首尾に終わったんだから、責任をとるべきだわ。社会人として当然でしょ？」

季実子はかなりきつい口調で、祥明につめよった。

「季実子さん……」

祥明は二、三度まばたきすると、ふふふ、と、笑った。

「何か言いたいことでもある？」

祥明は、すっと左手の扇を開き、季実子の耳もとに顔をよせる。

「あいかわらず、あなたの怒った顔は最高にきれいですよ」

内緒話のように扇で顔を隠しながら、わざとささやくように小声で言った。久々のホスト商法である。

「まっ」

季実子はどきっとしたようにあとじさると、もう一度祥明をきゅっとにらんだ。だが頬が赤く染まっているし、唇の端が笑っている。

「長い人生、一年や二年は誤差の範囲ですよ。もうしばらくお待ちになってみてください。あなたの美しさに運命の女神が嫉妬《しっと》してるんですよ」

「んもう、あいかわらずなんだから！　よくそんな歯がうくような恥ずかしいことを言えるわね」

季実子は腕組みをして、わざとらしく呆れ顔をしてみせた。だが、目も口も、ゆるみまくっている。

「当店いちおしの恋愛成就の護符はいかがですか？」

「まったく呆れた図々しさね。いいわよ、買うわよ」

季実子は苦笑いしながらも、護符を買うと、「また来るわ」と宣言して帰っていった。

瞬太とともに階段の上まで季実子の見送りにでた祥明は、オレンジのスーツが見えなくなったところで、「ふーっ」と大きく息を吐いた。

「あー、焦《あせ》った。責任とって結婚しろって、この世で一番おそろしい恐怖の呪文だよな」

右手を雑居ビルの壁につき、左手を心臓にあてながら階段をおりる。もちろん営業スマイルなどすっかり消えうせ、疲労困ぱいした顔になっている。

「そうか？」

「おまえも大人になったらわかるよ。女って、なんだってああ結婚したがるんだろうな。結婚なんて人生の墓場なのに。うちの父なんて、母と結婚したばっかりに惨憺《さんたん》たる人生を歩んでるぞ」

「おまえんちが特別ヘンだからだろ」

「うるさい」

祥明は思いっきり顔をしかめた。だが、反論はしない。

瞬太も一度会ったことがある、というか、見かけただけだが、とにかくかわった両親だった。

一人息子を溺愛《できあい》するあまり、恋人はもとより愛犬やゲームにまで焼きもちをやいて邪魔をする母親。なんでも、パソコンにわざとジュースをぶちまけて、半年がかりで書いた修士論文をだめにしたことまであるらしい。

父親も父親で、妻が息子をとんでもない目にあわせていることを知っていながらも、義父の蔵書に未練があって離婚に踏みきれない学者馬鹿なのだ。

しかし祥明の口ぶりからすると、どうやら、祥明だけではなく父親も、妻からひどい目にあわされているらしい。

「だが、とにもかくにも、季実子さんが帰ってくれてよかったよ。占いがはずれるなんてよくあることなのに、そのたびにいちいち責任とらされてたんじゃ身がもたないからな」

祥明は、やれやれ、と、安堵しながら、銀色の扇でぱたぱたと襟《えり》もとをあおいだ。

この時、祥明は、この先とんでもない事態が待ちうけていることをまだ知らなかったのである。

二

噂には聞いていたが、昼休みの食堂は大混雑だった。なんとか行列の最後尾をみつけてならぶ。今朝は吾郎《ごろう》が寝坊をして、弁当を作る時間がなかったのだ。昼定食のチャーハンをトレーにのせると、中学時代からの同級生である、高坂、岡島《おかじま》、江本《えもと》の待つテーブルにはこぶ。

「昨日、祥明が言ってたんだけどさ、責任をとって結婚してくれっていうのが、この世で一番恐ろしい恐怖の呪文なんだって」

瞬太の一言に、忙しく箸やスプーンを動かしていたみんなの手がとまる。

「それって世間一般の話？　まさか、店長さん自身が責任をとれってせまられてるんじゃないよな？」

おそるおそる尋ねたのは、おっさん顔の岡島航平《こうへい》だった。瞬太とは小学校時代からのつきあいだが、もっさりした大柄な体形のせいもあって、十歳の時には既におやじの風格をただよわせていたものである。

「うん、祥明の話だよ」

「えっ⁉」

瞬太が答えると、三人の顔に緊張がはしった。

「占いがはずれたんだ。三十までに結婚できるって占いで言ったらしいんだけど、できなかったから、責任とって祥明が結婚しろってせまられてた」

「なーんだ、子供じゃないのか」

みんな、肩すかしをくらったような反応である。もっとスキャンダラスな展開を期待していたらしい。

「で、相手はどんな人なの？　占いがはずれたって怒ってるっていうことは、三十歳はすぎてるんだよね？　あ、記事にはしないから安心して」

すかさず高坂が質問してくる。新聞部時代の取材癖がぬけないのだろう。

「三十一歳だったかな？　背が高くて、髪の長い、きれいな人だった」

「美人ならいいじゃん、結婚しちゃえば。店長さん、別に彼女とかいないんだろ？」

岡島はあっさりしたものである。

「うらやましいなー、おれも年上の美女にせまられてみたいよ。女医さんとか最高だな」

江本直希《なおき》がうっとりと言った。江本も岡島と同じく、小学生の頃からの瞬太の友人だが、こちらは年相応の、そばかすのういた少年顔をしている。

「江本は年上が好きなのか。エロいな」

岡島がおやじくさい感想を述べた時だった。

「沢崎君だよね？」

見知らぬ女子生徒が、突然声をかけてきたのだ。

「あたし、三年の今西円香《いまにしまどか》っていうんだけど、今日の放課後あいてないかな？　ちょっと話があるんだけど」

　全員の手がピタリととまる。視線は彼女に釘づけだ。髪は肩にかかるセミロング。背はやや低めで、スカート丈はかなり短い。ほのかに甘い香りのする、大人っぽい雰囲気の美少女だ。さすがは三年生。

「お、おれ⁉」

「うん。忙しい？」

「放課後は、バイトがあって……」

「あほか！」

　瞬太が誘いを断ろうとすると、まわりから一斉にブーイングの嵐がおこった。

「バイトなんか休めよ。美人の誘いを断るなんて、百年早いっつーの！」

　江本に後頭部をはたかれる。

「え、ええと、おれ……」

「大丈夫です、バイト先には遅れるって連絡しておきますから」

　瞬太がおろおろしていると、かわりに高坂がさっさと返事をしてしまう。

「じゃあ放課後、教室に行くね」

　円香はにこっと笑うと、さっさと行ってしまった。

「おいおいおい、どういうことだよ⁉」

岡島が興奮して、もともと大きい鼻の穴をさらにふくらませて尋ねる。

「いや、おれにも何が何だか」

「告白かな？　それにしては妙にさっぱりした雰囲気だったのが気になるけど」

さすがに高坂は冷静だ。

「あー、友だちが沢崎君のことを好きなんだけど、っていう、キューピッド役なのかもな」

岡島の鼻の穴が、しゅーっともともとの大きさにもどる。

「友だちでもいいじゃないか。とにかくがんばれよ、沢崎」

「う、うん」

江本に両肩をがっしりとつかまれ、わけもわからず瞬太はうなずいた。


その日瞬太は、緊張のあまり、午後の授業で眠ることができなかった。ずっと起きて、前をむいている瞬太を見て、「沢崎君、体調が悪いんですか？」と、只野《ただの》が心配したくらいだ。

予告通り、ホームルームが終わって五分ほどしたところで、円香があらわれた。

「沢崎くーん」

円香は後ろの出入り口から教室をのぞきながら、肩の高さで手をふった。まだ残っていた十名ほどの級友たちの視線が瞬太に集中する。

瞬太はあわてて立ち上がると、ぎくしゃくした足どりで出入り口まで行く。

「バイトは遅れても大丈夫そう？」

「うん。一時間遅れるって連絡しといた」

「ここじゃ落ち着かないから、外に行こうか。お腹はへってる？」

「あ、うん」

瞬太はこくこくうなずいた。

瞬太は円香に誘われるまま、王子《おうじ》駅の近くにあるピザ屋に入った。店内はいかにも学生や家族連れむきといったカジュアルな内装で、おいしそうなチーズの匂いに満ちている。

レジでメニューを見ながら、円香がてきぱきとオーダーしてくれた。トッピングまで指定しているところを見ると、この店には何度か来たことがあるのだろう。

「沢崎君はトッピングこれでいい？」

「うん」

「飲み物はコーヒー？」

「うん」

「アイスにする？」

「うん」

瞬太は借りてきた猫ならぬ狐状態で、円香に何をきかれても、うん、と、ううん、しか答えられない。

気がついたら、円香が会計をすませてくれていた。あわてて瞬太もポケットから財布を引っぱりだすが、食堂でお金を使ったので、残りが三百円しかない。

「いいよ気にしないで。あたしが誘ったんだし、先輩がおごるのは当然でしょ」

円香はにこっと笑うと、アイスコーヒーをトレーにのせて窓際の席にはこんでいった。

「沢崎君のバイト先って、王子稲荷《いなり》の近くにできた占いのお店だよね？」

「うん。なんで知ってるの？」

「女子の間では有名なお店だもん。すっごく格好良い陰陽師がやってるんだって？」

「あー、まあね」

瞬太はしぶしぶうなずいた。性格はともかく、祥明の外見がいいのは認めざるをえない。

あれ、もしかして、この人の本命は祥明なのか？

不吉な考えが一瞬、瞬太の頭をよぎる。

「キュートな沢崎君とは絶妙なコンビだって聞いたけど？」

「そんなことは……」

「でも沢崎君、バイト忙しくて部活入ってないんだって？　すごく運動神経いいのにもったいないね」

「そうかな？」

「そうだよ、足も速いし、ジャンプ力もすごいじゃない」

「それほどでもないよ」

「あるよ。沢崎君、謙虚なんだね」

女子に、しかも先輩にこんなにほめられたのは生まれて初めてのことで、瞬太はどぎまぎする。チーズのおいしい匂いと、円香の甘い香りで、頭がくらくらしそうだ。

「今日は楽しかった。ありがとうね」

あっというまに一時間がすぎ、瞬太が陰陽屋に行く時間になったので、二人は店の前で別れた。

誘ってもらったのは嬉しかったが、結局、告白されもしなければ、友人を紹介されもしなかった。

一体円香は何がしたかったのだろう……？

瞬太が円香とともに教室からでていったあと、高坂も三年女子の来訪をうけていた。背が高く、かつ、ふっくらした体型の大柄な女子である。

「あなたが王子桜中で新聞部の部長だった高坂君？」

「そうですけど、僕に何か？」

「あたしはパソコン部の部長で、神崎《かんざき》といいます。うちの部ではWEBチームが校内むけのホームページを作ってるんだけど、高坂君、記事やコラムを書く気はない？」

「せっかくですけどパソコン部に入るつもりはありません。僕は紙の新聞が好きなので」

「いまどき紙でニュースをくばることに何の意味があるのか疑問だね。時代はネットだよ」

神崎のななめ後ろに立っていた一年男子が、フッ、と、感じの悪い笑みをうかべた。同じくパソコン部の部員で、浅田《あさだ》真哉《しんや》である。

「新聞でじっくりニュースやコラムを読むことを楽しみにしている人はまだまだ多いと思うけど？」

にこにこしながらも、高坂の目は笑っていない。

「もちろん僕もネット配信の方が即時性にすぐれているっていうことは否定しないよ。でもニュース記事において一番大切なのは、内容じゃないかな？」

「さすが東京経済新聞で読者スクープ大賞をとった大物は言うことが違うな。でもどんなにすごいスクープでも、読んでくれる人がいなければ無意味だよね？」

浅田はカップ麺のようにちぢれた髪を人さし指にからめながら、フッ、と、ポーズをとった。どうも、勝手に高坂のことをライバル視しているようである。

「いくらネットで垂れ流しても、つまらない記事じゃ誰も読まないんじゃないかな」

「ちゃんと僕の記事にも読者はついてるさ」

「コラムとは名ばかりのブログじゃないことを祈るよ」

いつもは冷静な高坂も、つい、熱くなってしまう。二人は額をつきあわせるようにしてにらみあった。

「はいはい、二人とも落ち着いて。じゃあ、こうしたらどうかしら。浅田君と高坂君のどっちの記事の方が拍手をたくさんもらえるか、うちのホームページで競ってみない？」

神崎の提案に高坂は考えこむ。

「それって結局、僕もＷＥＢニュースを書くってことですよね？」

つまり、神崎の思うつぼなのではないだろうか。

「自信がないならおりた方が身のためだよ？」

浅田は前髪をはねあげながら、にやりと笑う。

「そんなわけないだろう」

パソコン部への入部の必要はない、あくまでも記事の提供のみ、という約束で、高坂は神崎の提案を承諾したのであった。

三

瞬太はいつもより一時間遅れで店に入ると、急いで童水干に着替えた。お客さんはいなかったので、ほうきを持って、店の前の道を掃除する。

今日のピザは本当においしかったなぁ、と、うっとり思い返しながらほうきを動かしていると、夕暮れの商店街から、聞き覚えのある靴音が聞こえてきた。

今日はオレンジではなく、ピンクのスーツを着ているが、遠目でもはっきりわかる長身に長い髪。間違いない。昨日、祥明に結婚をせまった細川季実子である。

季実子は瞬太の前で立ち止まると、にこりと笑った。

「こんにちは。それともうこんばんはかしら？」

「……昨日のお姉さん……？」

「今日は久しぶりに手相占いをお願いしようと思って」

「そう、なんだ」

お客として来ている以上、むげに追い返すわけにはいかない。

階段をおりて、店へ案内する。

「祥明、お客さんなんだけど……」

瞬太の声を聞いて几帳のかげからでてきた祥明の営業スマイルが、一瞬こわばった。しかし、すぐに立て直して、より強力なスマイルを顔にはりつける。

「おや、季実子さん、いらっしゃい。何かお忘れ物でも？」

「今日は手相占いだって」

瞬太が言うと、祥明は少し複雑な表情をした。

昨日、手相占いがはずれたから責任をとれ、と、厳しくせまられたばかりなのだ。

「だめかしら？」

「いいえ、喜んで。手相をみせていただくのは一年以上ぶりですからね。手相も少しずつ変わるんですよ」

「やだ、それ、しわが増えるってこと？」

「いえいえ、そんな意味ではありませんよ。奥のテーブルへどうぞ」

祥明は季実子の手をとって案内する。

祥明はいつものように、季実子の手を握り、健康線、生命線、頭脳線、運命線を解説していく。

「以前より少し、運命線がくっきりしてこられましたね」

「そう？」

「ええ、これは……」

「ねぇ、ショウ、あたし、三十五までに結婚できるかしら？」

季実子は突然、祥明の説明にわりこんだ。

「気になりますか？」

祥明は季実子のてのひらを見つめたまま、視線をあわせようとしない。

「あたりまえでしょ」

「そうですね……」

祥明はわざとらしい営業スマイルをうかべる。

「秘密です」

「えー、何それー」

季実子はけらけら笑いながら、ぎゅっと手を握りこんだ。

「まあショウと結婚しちゃえばいいだけなんだけど」

「……」

祥明は営業スマイルを顔にはりつかせたまま、絶句した。

だがそこで言い負かされて、「わかりました」と同意する祥明ではない。表情をあらためると、コホン、と、わざとらしく咳ばらいをする。

「季実子さん、実は開店以来、陰陽屋は大赤字で、ずっとホスト時代の貯金を切り崩してやりくりしてきたのですが、もう口座の残高が五十一円しかないのです。とても結婚を考えられる状況ではありません」

どうやら自分は結婚にむかない男だということをアピールして、季実子をあきらめさせることにしたらしい。

「まあ、大変ねー！」

祥明の言うことを信じているのかいないのか、季実子はけらけら笑いころげた。

「たしかに最近は新聞記事効果も下火になってきたから、あんまりお客さん来てないもんな……」

むしろ瞬太の方が青くなって、今月のバイト代の心配をしている。

「それだけではありません。うちの母は子離れが全然できていないから、私と結婚なんかしたら相手の女性はきっとひどい目にあいます。心身ともに嫌がらせをされまくります。高校時代の彼女は、うちに遊びにきた時、ゴキブリを仕込んだチョコレートケーキをだされました」

さすがに本物ではなく、オモチャのゴキブリだったのだが、その後、彼女はすっかり祥明と距離をおくようになってしまったのだ。

「やだ、何それ、おかしすぎでしょう。本当にそんなベタなことする人いるの？　コントのネタじゃあるまいし」

季実子はお腹をかかえて爆笑している。

「いや、笑いごとじゃないですから……」

「ごめん、ごめ、あっはっはっ」

祥明にとってはかなり深刻な問題なのだが、季実子にはおかしくてたまらないらしい。

その後、祥明は、なかばやけ気味で、「実は一人の女性と一ヶ月以上続いたことがない」「最近気がついたのだが、どうやら自分は、女性よりも男性の方が好きらしい」などと、いかに自分が結婚にむいていないかを語り続けた。だが、季実子はけらけら笑って聞き流すばかりで、ちっとも本気にしてくれない。

「……信じてないでしょう？」

「そんなことないけど、愉快すぎて。さすが陰陽師になる人は、珍しい人生をおくってきてるのね」

「珍しい人生……」

祥明は眉を片方つり上げた。

「あ、ごめんごめん。とにかくショウが大変だっていうのはよくわかったから」

「それはどうも」

「今日は久しぶりに手相をみてもらって面白かったわ。また来ます」

季実子は支払いをすませると、機嫌よく帰っていった。祥明と瞬太は、今日も、階段上まで見送りにでる。

ピンクのスーツが見えなくなると、祥明は階段にへたりこんだ。ななめ下に見える陰陽屋の黒いドアにむかって、深々とため息をつく。

「珍しい人生って……」

「陰陽師って珍獣あつかいなんだな」

「失敬な。化けギツネに言われる筋合いはない」

「うち、両親は普通だから」

ふふん、と、瞬太は自慢そうに言う。

「……まあ、これで季実子さんも、結婚はあきらめてくれただろう」

「だといいけど、帰り際に、また来ます、って言ってたよな。まさか明日も来たりして」

「あれだけ言ったのにか⁉　五十一円で、ゴキブリケーキで、浮気者で、ゲイだぞ⁉」

「五十一円はひどすぎだろう。おれのバイト代、大丈夫なのか？」

「わからん」

「まじかよ⁉」

只野先生の言う通り、新聞配達にかわった方がよかったかもしれない。

「ところでキツネ君、一時間遅れて来たが、追試でも受けてたのか？」

「ああ、えっと……」

瞬太は謎の三年生、今西円香のことを祥明に説明した。

「それで、ただピザを食べておしゃべりして終わりだったんだ。祥明ねらいなのかとも思ったけど、それだったら店に来たがるはずだろ？」

「キツネ君を餌付《えづ》けしようとしているとは、何やらあやしいぞ。まさか、また新聞部なんじゃないだろうな？」

「いや、うちの高校、新聞部はないから」

「そうか。だが、油断するなよ。女が何か貢いでくる時は、何かしらの下心がある時だからな。特に美人というのは、世の中の男たちから食事をおごられて当然だと思って生きている連中だ。それが逆に、ごちそうしてくれるというのは、何がしかの魂胆があるに決まっている」

祥明はすっかり美人と新聞部に対して疑り深くなっている。

「ただのピザだよ、おおげさだな」

「またどこかの新聞が読者投稿を募集しているかもしれないだろう？」

「へいへい」

瞬太は肩をすくめてうなずいた。

四

翌日。

今日の昼食は屋上で食べよう、と、言いだしたのは江本だった。昨日のことが気になって仕方ないらしい。

四月も下旬なので、屋上はちょっと暑いくらいの陽気である。

「で、どうだった⁉」

瞬太がねぼけまなこをこすりながら屋上に行くと、早速、江本と岡島につめよられる。

「うーん、それが……」

瞬太がピザ屋の話をすると、江本はがっかりした顔をした。

「告白じゃなかったんだ」

「全然」

「友だちのラブレター渡されたりもしなかった？」

「ううん」

「じゃあ一体何だったんだ？」

「おれもよくわからないんだよな」

四人はそろって首をかしげる。

「祥明も、美人が何の魂胆もなしにごちそうをしてくれるわけはないって、また新聞記事のネタにされるのをすごく警戒してた」

瞬太の言葉に、高坂は考えこんだ。

「記事か……。この高校、新聞部はないけど、パソコン部はあるんだよね。校内むけのWEBサイトを作ってるらしいから、もし陰陽屋さんを取材したがってるとしたら、連中がらみかもしれない」

「うーん、今西先輩は陰陽屋には来なかったけど……」

「記事はともかく、店長さんねらいっていうのはありそうな気はするな」

高坂の言葉に、岡島がニヤリとする。

「将を射んとすればまず狐を射よってことか？」

「やっぱり祥明なのかなぁ」

残念ながらその可能性が一番だろうな、と、瞬太も思う。

「だって、ただピザを食べておしゃべりしたって、それじゃまるで普通のデートだよね？」

高坂の言葉に、三人はどよめいた。

「うほ、デートか！」

「告白はなかったけど、いきなり上級生のお姉さまとおつきあいしちゃってる感じ!?」

うらやましすぎるぜ、と、江本が身もだえする。

瞬太は顔が赤くなるのが自分でもわかった。

「沢崎、耳と目！」

高坂からチェックが入る。瞬太はあわてて自分に、「落ち着け、おれ」と、言い聞かせた。興奮すると、つい、キツネになってしまうのだ。気をつけなくては。

「ピ、ピ、ピザ食べただけだから。つきあってるとかそんなんじゃないから」

「今西さんとつきあっちゃえばいいじゃん。沢崎、彼女とかいないだろ？」

岡島は昨日とほぼ同じセリフである。

「いないけど……でも……」

「なに、まさか、好きな娘《こ》とかいるわけ？」

沢崎のくせに生意気だな、と、江本につっこまれて、瞬太はあわてふためいた。

「う……いいじゃん、そんなの、どうだって！」

瞬太の脳裏にうかんだのは、もちろん、三井《みつい》のかわいらしい笑顔である。

「片思いで脈なしなんだったら、今西さんにしとけば？　美人だし」

「岡島、おまえって顔だけじゃなく、心もおっさんだな。美人なら何でもいいのか？」

しかめっ面《つら》で江本が反論する。

「大人とよべ。委員長だって同意見だろ？」

「うーん、僕はもうちょっと今西さんの目的を探ってみないとなんとも言えないな」

「ええっ⁉」

高坂は腕時計をちらっと見た。

「ごめん、ちょっと剣道部に用があるから行ってくる」

高坂はパンのあき袋やペットボトルをビニール袋にしまいはじめる。

「あれ？　剣道部に入ることにしたの？」

「いや、ただの取材。倉橋《くらはし》さんの調子は最近どうかなと思って」

「お、委員長、取材活動を再開したんだ」

「おれも行こうかな。あそこ女子いっぱいいるし」

「え、それならおれも行く。沢崎も行くだろ？」

「あ、うん」

四人は大急ぎで食べ終わると、立ち上がった。

剣道部の部室は、予想以上の大混雑だった。

さすがに昼休みの短時間で練習は無理なので、部員たちは部室で食事をとったり、おしゃべりをしたりしているだけなのだが、とにかく倉橋怜《れい》のとりまきがすごい。部室の外まで立見客があふれている。

「予想以上のすさまじさだな。倉橋のやつ、男子部員よりはるかにもてるぜ。うらやましい」

岡島の感想に、江本もうなずいた。

「倉橋ネタの記事書いたら、みんな食いついてくるんじゃないか？」

「うーん……」

だが、なぜか高坂は困り顔である。


その日の放課後も、今西円香は教室にやってきた。

「沢崎君、またピザ屋さんに行かない？　違うのがいいなら、ハンバーガーかラーメンにする？」

「えっと、二日続けてバイト遅刻するのはちょっとまずいから……」

「あほか！」

再び江本に後頭部をはたかれそうになり、とっさにかわす。

「いいよ、バイトあるなら無理しないで。じゃ、一緒にバイト先まで歩いていい？」

「あ、うん、もちろん」

陰陽屋まで一緒に行きたいってことは、やっぱり祥明がめあてだったんだな。

ほっとしたような、寂しいような、複雑な心境である。

飛鳥高校から陰陽屋は、急げば十五分、だらだら歩いて二十分ほどの距離である。ちょっと遠いが、バスに乗るほどの距離でもない。

「そういえば今日の昼休み、沢崎君を剣道部の部室の前で見かけたけど、剣道部に入るの？」

「ううん。友だちが見学に行くって言うから、ついていっただけなんだけど、女子がいっぱいでびっくりした」

「ああ、倉橋さんのとりまきすごいよね。沢崎君も倉橋さんみたいなタイプは好き？」

「え、いや、おれはもうちょっと背が低い方が……」

「ふーん、そうなんだ」

円香は、ふふ、と、楽しそうに笑った。小麦色にやけた顔と真っ白な歯とのコントラストがとてもきれいだ。

「あ、いや、その……」

今西先輩のことじゃなくて、三井なんだけど……と言いそうになって、あわてて口を押さえた。

たとえ円香が祥明めあてで瞬太にピザをおごってくれたにせよ、三井の方が好きだなんて言っちゃうのは失礼な気がする。いや、円香の本命は祥明なんだから、瞬太の好みなんかどうでもいいのかもしれないが。

江本たちにデートだの告白だのとさんざんひやかされたせいで、ちょっと自意識過剰になっているのかもしれない。

「あ、あの黒い看板がでてるところが陰陽屋」

陰陽屋の看板が見えたところで、瞬太は指さした。

「え、お店はどこ？」

「看板の脇にある階段をおりていったところ。地下なんだ」

「へー、そうなの。じゃあアルバイトがんばってね」

円香は肩の高さにあげた右手をふると、さっさと行ってしまった。祥明に会わないでよかったのだろうか。

……もしかして、祥明ねらいじゃない、のか？

今西先輩は、本当に、おれのことを……？

どうしよう。

ちょっぴり動悸が速くなり、耳がむずむずしてきた。きっと目も金色に光っているに違いない。

誰かに変身を見られたら大変だ。

瞬太は急いで階段をかけおりた。

五

無線から夕焼け小焼けの曲が流れ、子供たちに帰宅をうながす午後六時。

瞬太が陰陽屋の前を掃いていると、またも季実子があらわれた。今日はクリーム色のスーツを着ている。

「うお、お姉さん、今日も来たんだ」

「今日は祈禱《きとう》をお願いしようと思って」

「へー。とりあえず奥へどうぞ」

　瞬太は階段をかけおりると、黒いドアをあけた。

「三日連続で来るなんて、よくお金が続くね。祈禱はけっこう高いけど大丈夫？」

「六本木《ろっぽんぎ》のホストクラブにくらべれば、陰陽屋さんは安いものよ」

　瞬太の素朴な疑問に、季実子はにっこりと答える。

「それにホストクラブ時代はライバル客がいっぱいだったから、指名しても、なかなか手相をみてもらえなかったのよね」

　季実子の話によると、祥明がナンバーワンホストだったのは、とにかく占いが大人気で指名が殺到したためだという。

「おや、まるで私が占いだけがとりえのホストだったみたいですね」

　店の奥から祥明がでてきた。顔にははれやかな営業スマイルがはりつけられている。

「もちろん顔も話術もショウが一番だったわよ」

「ありがとうございます」

　祥明は軽く頭をさげる。

「季実子さん、ちょうどよかった。紹介したい人がいるんです」

「え？」

　テーブル席についていた大柄な男がおもむろに立ち上がった。

「私の幼なじみの槙原秀行です。秀行、こちらはうちのお得意さまで、細川季実子さん」

「初めまして、槙原です」

槙原は珍しくスーツ姿で、ネクタイまでしめている。いつもはブルゾンにジーンズなので、今日はかなりめかしこんでいる方だ。

「祥明から聞いていた通り、本当にきれいな人ですね」

「そうだろう？　まあ、二人とも立ち話はなんだから、おかけください」

祥明が椅子をすすめると、槙原はさっさと腰をおろしたが、季実子は立ったままである。

「季実子さん？」

「……ショウ、これ、どういうこと？」

地の底から響くような低い声で季実子は言った。

「季実子さん、秀行は私と同じ年ですが、貯金は私よりはるかに多く、家は柔道の道場をやっているので食いっぱぐれもありません。性格も堅実で、浮気の心配もなく、子供が好きで、お母さんも普通の人です」

祥明はすっかりお見合いおばちゃんモードで、秀行の売りこみに余念がない。

「そんなことをきいてないわ。あなた、占いがはずれた責任をとらないで逃げるつもりなのかって言ってるのよ」

「逃げるなんてとんでもない。責任を感じているからこそ、こうして、私なんかよりもはるかに季実子さんを幸せにできそうな友人を紹介させていただいているんですよ」

「あたし、こんなジャガイモみたいな男を紹介してくれなんて頼んだおぼえはないわ！」

「ジャガイモ……」

　秀行は絶句した。

「いやいや、このくらいの顔の方が、結婚むきですよ」

　なんとか祥明は言いくるめようとするが、火に油で、季実子の表情はどんどん険しくなっていく。

「結婚むき⁉　あなた、あたしに、このジャガイモ男と結婚しろって言うの⁉」

「一体何がご不満なのか、私にはさっぱり理解できません。貯金が五十一円しかない男でもいいから、とにかく結婚したい、という季実子さんの切なる願いをうかがって、せめてもうちょっとましな男をご紹介したいと考えたのですが、何かいけませんでしたか？」

　幼なじみをジャガイモ男と罵倒《ばとう》され、さすがの祥明も腹が立ってきたのか、言葉に毒が混じっている。

「何よそれ、あたしがすごく結婚にがっついてるから、独身男なら誰でもいいだろうって言いたいの？」

「違うのですか？」

　にっこりと返されて、季実子はさらに声を荒げた。

「あたりまえでしょう！」

「そもそも三十までに結婚したいなんて、要するにただの見栄でしょう？　結婚できたらきっと次は三十五までに子供がほしくなって、それから四十までにマイホームですか？

そこまで年齢にこだわるのなら、相手をえり好みしている場合ではないと思いますが」

「そんなこと言ってないじゃない！　あたしはただ、占いがはずれた責任をとってほしいだけよ！」

季実子は、バン、と、テーブルを両手でたたいた。倒れそうになった蠟燭《ろうそく》を、あわてて槙原が押さえる。

「そもそも百パーセント当たる占いなんてありません。もし、はずれるなんて夢にも思っていなかった、と、おっしゃるのなら、失礼ながら、おめでたすぎです。ちゃんと自分で努力はなさったんですか？　まさか、占いを信じて、運命の相手とやらがあらわれるのをぼーっと待っておられたんじゃないでしょうね？」

「もういいわ、ショウがそうやって逃げまわるつもりなら、あたしは一生、あなたの責任を追及し続けるから！」

高らかに呪いの言葉を吐くと、季実子はくるりときびすを返し、陰陽屋をかけだしていった。

祥明は、倒れるように椅子にへたりこむと、大きくため息をついた。

「悪かったな……」

珍しく槙原に謝る。

「びっくりした。最短失恋記録だ」

槙原は頭をかきながら苦笑した。

「すごく結婚したがってるから、相手を紹介してやったのに、なんだって彼女があんなに激怒したのか、さっぱりわからん」

「要するに、おまえにぞっこんってことじゃないのか？」

「そういう雰囲気は感じないんだが……」

「じゃあ、ただの面くいか？」

「結婚相手を顔で選ぶ女なんていまどきいるのか？」

「顔じゃなければ何だろう？　陰陽師好き？　貧乏好き？　それとも逃げられれば逃げられるほど追いかけずにはいられない、ハンター体質なのか？」

「おいおい」

祥明は頭をかかえる。

瞬太は、季実子にだしそびれたお茶を槙原の前に置く。

「あの調子だと、祥明が結婚届、じゃなくて、婚姻届だっけ？　にサインするまで、季実子さん、毎日来るかもな」

瞬太の不吉な予言に、祥明は肩をビクッと震わせた。

「キツネ君、なんて恐ろしいことを言うんだ！　言霊《ことだま》って日本語を知らないのか？」

銀の扇を顔の前にひろげて、眉をひそめる。

「おれに八つ当たりするなよ」

「そもそも占いっていうのは、当たるも八卦《はっけ》、当たらぬも八卦が基本なんだよ。そこが醍《だい》醐味《ごみ》というか。確実に当たるんだったら、一回占うごとに一億ずつもらってるさ」

祥明は椅子の上にふんぞり返って、長い脚を組んだ。槙原にだしたお茶を横取りして、いっきに飲みほす。

「そうだ、もう女の人を占うのはやめたら？　男の人なら、はずれても、責任とって結婚しろって言われる心配はないよ」

「それはできない。うちのお客さんは女性が圧倒的に多いのに、占いをやめたら大赤字になる。お祓《はら》いや祈禱のお客さんなんてたまにしか来ないのに」

「じゃあ占いにきた独身の人みんなに、あなたは一生結婚できそうもないです、って、言うってどう？　そしたら責任とれって言われないですむよ？」

「それはそれで、お客さんが来なくなることうけあいだな。みんな、自分が幸せになれるって言ってほしくて来るんだから」

「ふーん、そういうものなのか」

たしかに、祥明の占いは、相手が望む言葉を探しだして、気持ちよく帰ってもらうというパターンが多い。

「季実子さんがほしい言葉って何なんだろう？　やっぱり祥明にプロポーズしてほしいのかな？」

「うっ……」

「もういっそ季実子さんと結婚しちゃえばいいじゃん。美人だし、明るいし、お金持ちだし、しかも貯金が五十一円でもいいっていうくらい祥明にべたぼれだよ。今、つきあってる人とか、好きな人とか、特にいないんだろ？」

　まんま岡島の受け売りである。

「キツネ君、ひとごとだと思って……」

「おれ何か間違ってる？」

「残念ながら、おれは彼女を愛せない」

「えっ⁉」

　祥明の口から愛なんて言葉がでるとは！

　瞬太はあまりのことにびっくりして、尻尾をぴんと立ててしまった。

　そうだ、大事なのは自分の気持ちだよ、岡島。

　自分が愛してもいない人と結婚するとか、つきあうとかって、相手にも失礼じゃないか。

　だが、そのあとに続く祥明の言葉は、もっと失礼なものだった。

「むしろ怖い。手相占いの責任をとって結婚しろなんて理不尽な要求をする女だぞ⁉　しかも、三日連続で店までおしかけてくるなんて、怖すぎだろう⁉　愛がなくても、妥協や勢いやなりゆきで結婚することはままあるかもしれないが、怖い女だけは嫌だ」

「ヨシアキ、おまえ、そんな女をおれに押しつけようとしたのか⁉」

　おひとよしの槙原も、さすがにムッとしている。

「季実子さんがおまえを気に入れば、すべて丸くおさまったんだよ」

祥明は悪びれることなく答える。

「だが、このままでは、堂々めぐりだ……。現状打破には結婚しかないのか……？　くそっ、夜逃げする金さえあれば……」

祥明はその後もぶつぶつつぶやき続けた。

六

次の日の昼休みも、当然のように、屋上に召集がかかった。雲が多く、しかも肌寒い北風だったが、みんなそんなことは気にならないようだ。各自、持参した弁当やパンをひろげる。

「それで、昨日はどうだったんだ？」

江本は目をきらきらさせて瞬太に尋ねた。

「うーん……やっぱり、おしゃべりして別れただけで、何もなかった」

「告白もなし？」

「うん。友だちもでてこなかったし、祥明あてのラブレターを頼まれることもなかった」

「一緒に陰陽屋へ行ったんだろ？」

「ううん。陰陽屋の前で別れた」

「陰陽屋への取材目的とか、店長さんめあてっていう線は消えたな」

重々しく岡島が断定した。

「やっぱりただのデートかよ、いいなぁ」

心底うらやましそうに江本が言う。

「デートっていうほどのもんじゃ……」

瞬太はちょっと困ったような、照れたような顔で否定した。

いまだに円香の真意はよくわからない。だが、もし本当に、円香が自分のことを好きだとしたら……。

ふと見ると、高坂がいつもの一・五倍のスピードで玉子サンドを口にほうりこんでいた。円香の話にも全然のってこないし、昨日にひき続いて新聞記者モードのようだ。

「委員長、今日も剣道部の取材に行くの？」

「いや、剣道部はやめた。昨日の放課後、練習の様子も見にいったんだけど、倉橋にはファンが多すぎる」

性格も、趣味も、目標も、とりまきたちに徹底的に調べ尽くされていて、取材対象としては面白みに欠けると判断したのだという。

「しかもあれだけ脚光をあびているんだから、パソコン部の連中も遠からず倉橋をマークするだろうし。僕としては、みんなが見落としがちなところに着目してこその報道だと思うんだ」

「ふーん」

よくわからないが、高坂が言っているから、そういうものなのだろう。

「でも、パソコン部に頼まれた記事はどうするの？」

「今日は陶芸部を取材しようと思ってる」

「陶芸か。あそこも女子率高いよな」

岡島の一言で、またも三人は高坂についていくことになった。

飛鳥高校には、美術室とは別に、陶芸室という陶芸専用の部屋がある。瞬太は音楽を選択したので、陶芸室に入るのは初めてだ。

粘土をこねるための大きめの作業台がいくつかと、手を洗うための流しが設置されていて、ぱっと見には調理実習室と似ている。だが、壁際には電動ろくろが十台以上ならび、電気の窯《かま》もあるのだ。

部員らしき生徒たちが何人か雑談している中に、エプロン姿の三井を見つけて、瞬太はドキッとする。

そういえば、三井は、美術部か陶芸部で迷っていると言っていた。どうやら、陶芸部に入ったらしい。

「うーん、難しいなぁ」

三井は、前かがみになって、竹のへらで粘土で作ったうつわの形をととのえている。眉根をきゅっとよせ、真剣な表情で何度も同じところを直しているが、どうも気に入らないらしい。粘土や釉薬《ゆうやく》の匂いが満ちた陶芸室の中に、ほんのりと、シャンプーの良い香りがただよってくる。

「三井さん、何作ってるの？」

　高坂に尋ねられて、三井は困った顔をした。

「湯呑みを作りたかったんだけど、だんだん上の方が広がってきちゃって……これじゃ御飯茶碗になりそう」

「御飯茶碗にしても大きすぎない？」

　高坂の質問に、瞬太もうなずいた。どう見ても、どんぶりくらいはありそうだ。

「焼いたら小さくなっちゃうんだって。だから大きさはいいんだけど、形がうまく作れないの」

「これって、ろくろ使ってこの形にしたの？」

「ううん、ろくろは操作が難しいから、初心者は手びねりでやるの」

　すっかり取材モードの高坂に、三井は丁寧に説明する。

「まず一番下の土台にするために、平べったい丸い底を作って、そこに、直径一センチくらいのロープみたいにのばした粘土をぐるぐる巻いていくのよ。四周くらい巻いたところでいつのまにか広がってきちゃって……。あと、一番上の縁もガタガタで、ちっともきれいにならないの。先輩がやってみせてくれた時は、簡単そうに見えたんだけど」

　三井は、ふう、と、手の甲で額をぬぐった。なんだかんだで、もう三回は作り直しているという。

「大変なんだね」

「でも、うまくいかなかったら、何度でもやり直せるから」

瞬太がしみじみ言うと、三井はにこっと笑った。鼻の頭に乾いた粘土がついていて、ものすごくキュートだ。

「三井さんにとって陶芸の魅力って何？」

高坂の質問に、三井は、少し考えこんだ。

「えっと、一番はやっぱり手で土をこねることかな？　しっとりした感触がすごく落ち着くっていうか、楽しいっていうか……」

「ふーん？」

高坂はあごをつまんで、首をかしげる。

「ごめんね、うまく言葉で説明できないんだけど」

三井は笑顔もかわいいけど、一所懸命何かを作ったり、説明しようとしている時もかわいい。

やっぱり、おれ、三井がいいなぁ。

三井はおれのこと、友だち以上に思ってないだろうけど、でも、それでも、三井がいい。

ぽーっとおれが三井に見とれていると、江本がすっとおれに近よって、「目！」とささやいた。

あぶないあぶない。

その日の放課後、瞬太は勇気をふりしぼって、三年生の教室を訪ねていった。

「あら、沢崎君」

「あの……今西先輩、十分だけ、いいかな？」

「うん。もちろん」

三年の教室にはまだ人がいたので、人のいない選択教室へ移動する。あたりまえだが、教室で二人になってしまった。二人でピザを食べた時よりも、二人で話をする方が緊張するのはなぜだろう。

「あの、あのさ、今西先輩、おれにピザおごってくれたり、昨日は一緒に帰ろうって誘ってくれたりしたけど……」

「うん」

瞬太はもじもじとブレザーのえりをいじりながらも、精一杯の勇気をふりしぼった。

「おれの勘違いだったら全然いいんだ。でも、何か、今西先輩はおれに言いたいことがあるんじゃないかと思って」

「あ、ばれた？」

円香にちろっと舌先をだされて、瞬太はドキリとする。

「どうも望み薄な感じだったから、言わないであきらめちゃおうかと思ってたんだけど……あたしね、沢崎君にお願いがあったの」

「お、おれに？」

円香に突然、ぎゅっと手を握られて、瞬太はびっくりした。

心臓がとまる！　目が光る！　耳がキツネになる‼

「沢崎君……」

円香に大きな目で見つめられて、逃げたいのに逃げられない。

まさにヘビににらまれたカエル、もとい、ヘビににらまれたキツネである。

だれか助けてくれー！

「お願い！　バスケ部に入ってくれない⁉」

「……え⁉」

「あたし、バスケ部のマネージャーなんだけど」

「へえ……」

しゅううううぅ……

音をたてて、目と耳がもとにもどっていくのを感じる。

「たまたま体育の授業で見かけた沢崎君のジャンプに一目ぼれしたの」

「そうなんだ……」

そうか。

瞬太は急に肩の力がぬけるのを感じた。

それで、昨日、剣道部に入るつもりかどうか、きいてたんだ。

たしかにおれのジャンプはすごい。だってキツネだもんな。

「ううん、ジャンプだけじゃない。軽々とした、しなやかな身のこなし。足の速さ。沢崎君は、まさに、バスケをするために生まれたとしか思えない逸材よ！」

円香の熱弁に、瞬太は困ったような笑みをうかべた。

「ありがとう、先輩。でも、おれ、不器用だから、球技だめなんだ……」

「え？」

想定外の答えだったのだろう。円香の手の力がゆるむ。

「バレーとかバスケとか、すぐ突き指しちゃうんだ。ドリブルなんかすごく苦手」

「そんなの、練習すれば、すぐうまくなるわよ」

「そうなのかな？」

「そうそう！」

「でも、家計を助けるためとか、いろいろ事情があって、陰陽屋のバイトをやめられないから、部活は無理なんだ」

「うん。そう言われるんじゃないかなって思ってた」

円香は残念そうに言うと、ため息をついた。ずっと握っていた瞬太の手をはなす。

「でも、気がかわったら、いつでも来てね。バスケ、楽しいよ」

「うん、ありがとう」

瞬太はぺこりと頭をさげた。

七

六時きっかりに、細川季実子は陰陽屋へあらわれた。予告通り、祥明の責任を追及しにきたのだろう。なお、今日のスーツは白である。

瞬太が提灯を持って入り口に行こうとすると、「今日はいい」と、祥明に押し止められた。

祥明は、自分で店の入り口まで行って季実子を迎えた。顔には決意に満ちた営業スマイルがうかんでいる。

「いらっしゃい、季実子さん。陰陽屋へようこそ。ところで、私と結婚しませんか？」

祥明はいっきに言った。

「ショウ⁉」

突然のことに、季実子は仰天している。もちろん瞬太もだ。

「えええっ⁉」

たまたま店内でグッズを見ていた女子中学生たち三人が、びっくりして、喚声《かんせい》をあげる。

「承諾してくださいますか？」

祥明は重ねて問いかけた。

冗談だろうか。それとも、ヤケクソだろうか。あんなに、怖い女と結婚するのだけは嫌だと言い張っていたくせに、一体、何を考えているのだろう。美人なら怖い女でもいいか、と、岡島のように割り切ったのだろうか。それとも、逃げまわるのをやめて、ハンターに逆襲をかけることにしたのだろうか。

「あの、その、ええと……」

季実子も予想外の祥明の急変に、どう答えたものか、判断がつかないようだ。せわしなく、まばたきを繰り返している。

「貯金が五十一円しかなくて、粘着質な母親がいる男はだめですか？」

祥明は銀の扇を顔の前でひらくと、わざとらしく目をふせ、うなだれてみせる。

「い、いいえ、そういうわけじゃ。ごめんなさい、あんまり急だったので。でも、どうして？　やっと占いの責任をとってくれる気になったの？」

あんなにしつこく結婚をせまっていたわりには、あまり嬉しそうな顔をしていない。どちらかというと、戸惑い、いぶかしんでいる様子である。むしろ、女子中学生三人組の方が、期待と興奮で目をきらきらさせているようだ。

「まさか。占いの責任をとるためにプロポーズする陰陽師なんているわけないじゃないですか」

「そ、そうよね。でも、じゃあ、なぜ？」

「美人だし、明るいし、お金持ちだからです」

瞬太はブッ、と、ふきだした。昨日自分が言ったことそのままである。

「お金持ちっていうほどじゃ……。そりゃ、貯金は五十一円より多いけど。でも、あたし、ショウより年上よ？」

「年上の方が好みなんです」

しれっと祥明は答える。嘘だか本当だか、瞬太にもわからない。

「背も高すぎるし……」

ちょっと声が小さくなる。

そんなの見ればわかるのに、なぜわざわざ確認するんだろう、と、瞬太は首をかしげた。

やっかいな姑《しゅうとめ》のいる極貧男とは結婚したくない、と、今さら思いはじめたのだろうか？

「人気の美人女優さんたちはたいてい一七〇以上ですよ」

だが祥明はさらっと受け流す。

「財務省に勤めてるし……」

「堅実でいいじゃないですか」

もしかして、祥明に、プロポーズを思いとどまらせようとしているのだろうか？

「今まで内緒にしてたけど……あたし、大学院にも行ってたの……」

今にも消え入りそうな声だ。

「奇遇ですね。私も学術研究が趣味なんです」

「しかも、一人娘だから、婿《むこ》養子とまではいかなくても、長男以外の人でないと……」

「私は長男ですが、両親とはかなり疎遠ですからご心配なく。むしろ、名実ともに母ときっぱり縁を切るために婿養子に入れていただきたいくらいですね。まさに季実子さんは理想の女性ですよ」

祥明が笑顔で答えると、季実子が突然、はらはらと涙を流しはじめた。嬉し涙といった表情でもない。中学生たちが、びっくりして、顔を見合わせている。

「あの……お姉さん……？」

季実子はちっとも泣きやまないどころか、とうとう嗚咽《おえつ》までもらしはじめた。

祥明は黙って、季実子の答えを待っている。

瞬太が、おそるおそるティッシュをさしだすと、季実子はいっきに三枚ばかり引っぱりだして、わんわん泣きだした。

実は先月、結婚相談所に登録にいったら、高学歴・高身長・高収入の女は結婚における３Ｋとよばれていて、結婚はむずかしいと言われたのだという。

「私、もう、このまま一生結婚できないのかしらって思ったら、目の前が真っ暗になっちゃって。その時、ショウの占いを思い出したの……。あたしに、結婚できる、幸せになれるって言ってくれたのはショウだけだったわ」

「それでうちに日参しておられたのですね」

ようやく合点がいった、と、祥明は苦笑する。

「でも昨日、ショウにお友達を紹介された時、この人もあたしを見捨てるんだって、目の前が真っ暗になっちゃって。ついお友達にやつあたりしちゃったわ。本当にごめんなさい」

「その結婚相談所の担当者は、女性だったのではありませんか？」

「どうしてわかるの？」

季実子は洟《はな》をすすりながら、不思議そうに尋ねた。

「その人は、季実子さんが美しくてスタイルが良くて、才智にまで恵まれているのがねたましくて、そんな意地悪を言ったんですよ」

「違うわ。あたしが、長男はだめ、とか、自分より背が高い男性がいい、とか、いろいろ条件をつけたから、イラッとしたんだと思う。昨日ショウに言われた通りよ。えり好みしてる場合じゃないのにね。久々のショウのお説教はこたえたけど、嬉しかったわ。本気であたしのことを考えてくれてありがとう」

季実子は深々と頭をさげる。

「いいじゃないですか、条件をたくさんだしたって。その条件にあう相手をみつけだして紹介するのが結婚相談所の仕事なんですから。どうせおそろしく高いんでしょう？」

祥明の言葉に、季実子はようやく笑顔を見せた。

「もう一度あたしのことを占ってくれる？」

「今日は気分をかえて、式盤《ちょくばん》を使ってみましょうか」

祥明は季実子の生年月日をきき、ゆっくりと式盤の半球部分をまわしていった。

「課体は遙尅課《ようこく》で……末伝に青龍ですね……」

「それっていいの？」

「結婚にはかなり縁があります。ありますが、ありすぎて、気をつけないと、一度ですまないかもしれません」

「ええっ、なにそれー」

けらけら笑う季実子。

「まあ、人生の終盤を司る末伝が青龍ですから、恵まれた老後をおすごしになることが期待されますが、人生、死ぬその瞬間まで、いつ何がおきるかわかりません。持って生まれた運勢にあぐらをかかず、努力をおこたらないことが肝心です」

「ありがとう。そうしてみるわ」

季実子は何かふっきれたのだろう。さっぱりした笑顔で答えた。

女子中学生たちにも、「お姉さんがんばってね」とエールをおくられ、照れくさそうな顔をする。

祥明と瞬太が階段の上まで見送りにでると、季実子は何度も「本当にありがとう」と礼を言った。

ようやく立ち去ろうとして、季実子は急にふり返った。何か思い出したらしい。

「ああ、そうそう、あたし、やっぱりあなたとは結婚できないわ。あ、貯金とか、お母さんのことじゃないのよ。自分よりきれいな男の人って、なんだかイヤじゃない？」

「…………」

祥明の営業スマイルに、ピキッ、と、ひびが入る音が聞こえた気がしたのであった。


かくして陰陽屋の店主とアルバイトが平穏をとりもどした数日後。

内緒話の必要もなくなったのに、今日も四人は屋上で昼食をとっている。晴れた日は、暖かい風に吹かれながらばか話をするのが、すっかり習慣になってしまったのだ。

「暖かいっていうか、じわっと暑いよな」

もっさりとした体格の岡島は、ブレザーを脱いでネクタイをゆるめた。片手にビールジョッキを持っていないのが不思議なくらいだ。

「もうすぐ五月だもんな」

瞬太も気持ち良さそうに大あくびをする。

「委員長、校内むけホームページの連載コラム読んだよ。陶芸部紹介、っていうか、陶芸苦労体験が面白かった」

江本がチキンカツをかじりながら高坂に言った。

いくら三井の話を聞いても陶芸の何が楽しいのかピンとこなかった高坂は、結局、自分でも茶碗を作ってみたのである。

形がうまくとれなかったり、思い通りの色がでなかったり、普段何かにつけ要領のいい高坂とは思えない悪戦苦闘ぶりを、デジカメでとった画像つきでちょっとずつ連載したのだが、これが、地味に面白いと口コミでひろがっていったのだ。

いんだな」

「最終回でやっと茶碗が完成した時は、感動したよ。でも、今回はスクープねらいじゃないんだな」

「うん、王子桜中の校内新聞は、月一回ペースが精一杯だったんだけど、ホームページはこまめに更新できるのが面白いから、一回一回を短くまとめて、連載形式にしてみたんだ」

「最終日は委員長の方が拍手が多かったんだって？　すごいなぁ」

　パソコン部の方は、先週おこなわれた校外学習での感動エピソード集や、六月に予定されている体育祭の企画紹介など、派手なラインナップをならべたのだが、そうそう大きなネタが続くわけもない。だんだん尻すぼみになってしまい、注目を集め続けることができなかったのである。

「拍手をクリックしてくれた人が多いからって、イコールすぐれた記事ってわけでもないけどね」

　高坂は余裕の笑みをうかべた。

「でもパソコン部には感謝してるんだ。今回のことで、僕は自分が何をなすべきなのかが、はっきりわかった」

「へー。で、何をするの？」

　瞬太が尋ねると、高坂は眼鏡《めがね》をはずして、太陽をふりあおいだ。

「新聞部がないからって、予備校になんか行ってる場合じゃない。僕は一人でも記事を書く。そして新聞をだす」

「へえ、すごいじゃん」

「とりあえず、同好会からはじめる。会員は僕と君たち四名だ。どうせみんな帰宅部だから、名前を貸してもらっても何の問題もないよね」

「ええっ⁉」

高坂は有無を言わさぬ口調で宣言する。

高坂が新聞同好会の発足を生徒会に届けたのは、その日の放課後のことであった。

第三話

ボディガード

一

あっというまにゴールデンウィークも終わり、すっかり日が長くなった五月の中旬。五時をすぎても、夕暮れという言葉を使うのをためらうほど、明るい青空がひろがっている。

ここちよい風に尻尾《しっぽ》を揺らしながら、瞬太《しゅんた》が店の前を掃いていると、三井《みつい》と倉橋《くらはし》が一緒に陰陽屋《おんみょうや》へやってきた。

「陰陽屋へようこそ、お嬢さんたち。恋占いですか?」

「それが……」

祥明《しょうめい》の問いに、三井は口ごもった。

「あたしが説明しようか?」

倉橋に尋ねられて、ううん、大丈夫、と、小声で答える。

「おや、訳《わけ》ありのようですね。よろしければ奥のテーブルへどうぞ」

瞬太が大急ぎでお茶をいれてはこんでいくと、三人は椅子に腰をおろしていた。三井が、ぽつりぽつりと話している。

「最近、なんだか視線を感じるんです。でも、ふり返っても、誰もいないんですけど。もしも、その、幽霊とかだったらって、気味が悪くて……。それで、陰陽師さんならなんとかできるんじゃないかと思って、相談にうかがったんですけど……」

祥明は頬に扇をあてて、うーん、と、うなった。

「陰陽道には護身隠形《おんぎょう》法の身固式《みがためしき》というのがあって、それを使えば幽霊や妖怪から姿を見えなくできるんですけど、ちょっとこの術には問題があって使いづらいんですよね」

「すごく難しい術なんですか？　それとも危険だとか？」

「術者、つまり私が呪文を唱えて、印《いん》を結び、さらに、お嬢さんを抱きかかえていないといけないんです」

祥明は長い両腕を伸ばして、ふわりと三井の背中にまわした。まさか三井にホスト商法を発動する気じゃないだろうな、と、瞬太はぎょっとする。

「ど、どのくらいの時間ですか……？」

三井は身体《からだ》を固くしながら尋ねる。

「幽霊が活動する時間帯、つまり、夜通しでしょうか」

「えっ⁉」

三井の顔がぽーっと上気した。耳たぶの先まで真っ赤である。

「ぎゃーっ！」

「春菜《はるな》に何するの⁉」

瞬太と倉橋が同時に立ち上がって叫ぶ。

「というわけで、この方法はおすすめではないのでやりません」

祥明は手をひっこめると、ふふっと笑った。

まったく店長さんってば、びっくりさせてくれるんだから、と、倉橋が額の汗をぬぐうしぐさをする。

「春菜はかわいいから、男子の追っかけがついただけだろうと、あたしは思ってるんですけど。幽霊なんてそうそういるもんじゃないですよね？」

追っかけが多数いる倉橋ならではの発想だ。

「追っかけですか。ファンレベルならいいですが、ストーカー行為にまでおよぶと危険ですね。警察に相談した方がいいかもしれません」

祥明の真面目《まじめ》な答えに三井は驚き、胸の前で両手をふって否定した。

「そんな、まさか。あたしにファンやストーカーなんているわけないです。そもそも、誰かの姿を見たわけでもないのに……」

「そんなことないよ、三井ならファンがいたって全然おかしくないって」

瞬太は力説した。

「まさか君がこちらのお嬢さんを追いかけまわしてるんじゃないでしょうね？」

「ち、ちがうよ！　おれはファンだけど、ストーカーじゃない」

「へー、春菜のファンなんだ」

倉橋につっこまれて、瞬太は赤くなる。

「た……ただのファンだよ！」

「はいはい。で、話をもどしますが、警察には行きたくないんですね？」

「ええ。自分でもストーカーがいるなんて信じられないのに、警察に相談にいくなんて、そんな大げさなことはしたくないです。そもそも、あたしの気のせいかもしれないのに」

三井は、自分がナルシストだと思われるのが恥ずかしくて嫌なようだ。

「まあ、具体的に誰に追いかけられているか判明していない段階で相談にいっても、警察が適切な対処をしてくれるとは思えませんしね。まずは、幽霊なのか、ストーカーなのか、気のせいなのか、そこをはっきりさせましょう。幽霊だとわかったら、その段階であらためてお祓《はら》いをさせていただきます」

「はい。でも、どうやったら、幽霊なのかストーカーなのかわかるんでしょうか？」

「ああ、うちには鼻のきく式神《しきがみ》がいますから、お貸ししますよ」

「え？　おれ？」

たしかに自分は、幽霊がいたら感じることがある。だが、今、三井の周囲にはそんな気配はまるでない。

「うん。幸いキツネ君は学校もお嬢さんたちと一緒だし、変なものや人間がくっついてないか、さりげなく見張りをしてあげてくれ」

「そういう意味か。つまりボディガードだな。まかせろ」

瞬太は鼻息も荒くうなずいた。

「そんな、沢崎《さわざき》君に迷惑なんじゃ」

三井はこれも拒否しようとする。

「お得意さんへのサービスです。お気になさらず」

「たちの悪いストーカーだったらあぶないから、登下校だけでも沢崎についててもらった方がいいよ。沢崎が嫌なんだったら、あたしが部活を休むけど」

「だめよ、怜《れい》ちゃんは六月の関東大会を控えた大事な時なんだから」

三井はちょっと困った顔をしたが、やはり、瞬太に頼むのが一番無難だと判断したのだろう。

「じゃあ、沢崎君、見張りをお願いしてもいいかな……?」

「もしストーカーを見つけたらぼこぼこにしてやるから、安心しろよ」

「ありがとう」

三井は申し訳なさそうに頭をさげた。

二

それから三日間。

瞬太と三井は同じ一年二組なのだが、選択科目が違ったり、成績別編成の授業では教室が違ったりするので、いつでも一緒とまではいかないが、可能な限り起きていて、ボディガードの役目をはたせるようがんばった。昼食も、三井にあわせて、食堂へ行く。気分は探偵である。

　化けギツネとはいえ、後ろに目がついているわけではない。頼りになるのは、自慢の鼻と耳だ。

　三井につきまとっている男はいないか、あるいは、取り憑いている幽霊はいないか。耳をすませ、鼻をひくひくさせながら調査を続けた結果、瞬太がわりだしたのは、意外な人物だった。

　女子生徒だったのである。

　真っ黒な髪を真ん中でふりわけにし、えんじ色の縁《フレーム》の眼鏡《めがね》をかけた、色の白い顔。身長は三井と同じくらい。いつも無言で三井を見つめているせいか、不気味な印象を受ける。

　いつもかすかに柑橘系の香りをさせている彼女は、どうやらクラスが違うらしく、休み時間や下校時間にしかあらわれない。

　三井を見かけると、必ず五メートルほど後方に位置どり、一定時間追いかけてくる。だが、追いかけるだけで、特に何かをするというわけではない。

　昼休みの食堂でも、くだんの女子生徒は、三井の近くの席につき、ちらちらと視線を送っている。

「委員長、あの女子の名前わかる？　窓際にいる、眼鏡の子。さっきからちらちら三井を見てるんだけど……」

「隣のクラスの遠藤茉奈《えんどうまな》かな」

すらすらと高坂《こうさか》は答えた。さすが情報通である。

「彼女、三井さんと何かあったの？」

「わからないけど、時々、三井のまわりにあらわれるんだ。たぶん、追っかけかな？」

「追っかけ？　それにしては、視線にとげがある気がするけど」

「え……」

ずっと嗅覚《きゅうかく》と聴覚だけを頼りに見張りをしてきたので、表情までは見ていなかった。たしかに高坂の言う通り、憧れの人をうっとり見つめているファンといった表情にはほど遠い。むしろ、ひややかに観察しているような目つきだ。

もしかして遠藤は、祥明が言うところの、たちの悪いストーカーなのだろうか。だが、特に三井に何かしたというわけでもないのに、警察に相談にいくのはやりすぎのような気もする。

「ただの追っかけなのか、ストーカーなのか、どうやったら区別できると思う？」

瞬太の問いに、さすがの高坂も驚いて即答できなかった。

「そうだね……」

しばし思案をめぐらす。

「遠藤さんに確認するのがてっとり早いけど」

「それはちょっと……」

これまで一度も口をきいたこともない他のクラスの女子に、いきなり、「三井のストーカーをしているの？」とはききにくい。いや、きけない。

「うん、乱暴だね。きくなら三井さんだな」

「えっ」

空《から》の食器をのせたトレーを持ち上げると、高坂はすたすた歩きだした。瞬太もあわててあとを追う。高坂は、まっすぐ、三井が食事をとっているテーブルにむかった。倉橋も一緒である。先週までは剣道部の部室で昼食をとっていたのだが、今回のストーカー騒動で三井を心配した倉橋が、当分の間、昼休みは一緒にいることにしたらしい。

「三井さん、ききたいことがあるんだけど、食べ終わったら屋上まで来てもらえるかな？」

「え？　うん、いいけど」

三井は戸惑い顔で、大きな目をしばたたいた。

「何、ここじゃ話せないの？」

倉橋が尋ねる。

「うん、ここじゃちょっと。あ、倉橋さんは来ないでいいよ。追っかけがついてきちゃうと困るから」

「ふーん、まあいいけど」

倉橋は不満そうにうなずいた。

五分後。瞬太は三井とともに、高坂の待つ屋上へむかった。今日は空全体を灰色の雲がおおう薄曇りである。じっとりと蒸し暑い。

「あの……あたしにききたいことって？」

「一組の遠藤茉奈さんって知ってる？」

高坂の質問に、三井は、戸惑いながらも、うなずいた。

「うん、いくつか一緒の授業があるから顔と名前は知ってる。でも、しゃべったことはあんまりないかな」

「ということは、喧嘩《けんか》したこともないんだね？　恨まれるような心あたりは？」

「えっ、全然ないよ。どうして？」

「じゃあ、やっぱり、好かれてるのかな？」

高坂に問いかけられて、瞬太は、たぶん、と、うなずく。

「何のこと？」

「つまり……」

瞬太は突然、くるりと後ろをふりむくと、屋上と階段をしきっているドアを勢いよくあけた。ドアのかげにいた人物が逃げようとするが、踊り場までジャンプして先回りし、両手をひろげて逃げ道をふさぐ。

遠藤茉奈だ。

「三井を追いかけまわしてるのは、こいつだったんだよ」

「くっ」

遠藤は逃げ場を求めて後ろをふりむくが、階段の上には高坂が、そしてそのななめ後ろには三井が立っている。袋のねずみだ。

「何？　あたしに何か用？」

遠藤は開き直ったのか、瞬太をにらみつけながら居丈高《いたけだか》に尋ねてきた。落ち着かなげに、右手で、自分の左のひじを握っている。

「えーと、君は、三井さんの追っかけってやつなのかな？」

「そんなわけないでしょ！」

瞬太の問いに、遠藤は不愉快そうに反論した。

「あたしは怜さまの大ファンなの！」

「へ？　倉橋の？」

予期せぬ答えに、瞬太は首をかしげた。三井と高坂もいぶかしげな表情をしている。

「なんで倉橋のファンが、三井を追いかけてるんだ？」

「三井さんと怜さま……あやしいから……」

遠藤はぼそぼそとつぶやいた。

「え？」

「仲良しすぎなのよね。部活以外はいつも一緒だし」

ひややかな目つきで三井を見る。

「あ、あの……？」

「この際だから、はっきりきかせてもらうけど、三井さんは怜さまの何なの？」

三

「何って、あたしと怜ちゃんはただの幼なじみよ」

三井は困惑しながら釈明した。

「本当に？　三井さん、たまに、怜さまの家にお泊まりしてるって聞いたわよ？」

今度は怒りに燃える眼差《まなざ》しで三井を問いつめる。

「それは、子供の頃からの習慣で……。あの、でも、どうして遠藤さんがそんなこと知ってるの？」

「怜さまのファンクラブ会員なら誰でも知ってるわよ」

あたりまえでしょ、と、吐きすてるように遠藤は答えた。

「そうなのか……」

ファンクラブ情報網ってすごいな、と、瞬太は呆れながらもちょっと感心する。だが、次の遠藤の言葉は、想像を絶する世界だった。

「三井さん、あなた、もしかして、怜さまの彼女なの⁉」

なぜだ。なぜそうなる⁉

「ええっ、そんなわけないじゃない！」

三井は真っ赤な顔を左右にぶんぶんふって否定した。

「そうだよ、三井と倉橋はそんなんじゃないよ」

瞬太は三井を援護しようとして、きっ、と、遠藤ににらみつけられる。

「関係ない人は黙ってて！」

「はい……」

「で、でも、あたし、本当に、怜ちゃんとはなんでもなくて……」

「三井さんは、沢崎とつきあってるんだよ」

ずっと無言でなりゆきを眺めていた高坂の爆弾発言だった。もちろん口からでまかせである。

「そうだよね、沢崎」

「あ、え、うん……」

ここは口裏をあわせろ、と、高坂に目でせまられ、瞬太は、つい、うなずいてしまった。たしかに、事態を収拾するには、そういうことにするしかない気がする。

「本当に？」

さすがに遠藤は疑っているようだ。

「本当さ。登下校だって毎日一緒だし」

「そういえば……」

遠藤は制服のポケットから携帯電話をとりだした。

「たしかに、今日も、昨日も、二人は一緒に登下校しているわね。今日の休み時間も三回、一緒に行動してるし」

携帯電話に、ちくいち、三井の行動をメモしているらしい。

負けた。自分よりも遠藤の方が、数倍、探偵としてはすご腕だ。瞬太は敗北感にうちのめされた。

「そうだろう?」

「でも……」

遠藤は、まだ完全に信じたわけではないといった表情だったが、そこで昼休みが残り五分になったので、各自、次の授業がある教室に移動することになった。

教室にもどるために瞬太が高坂と廊下を歩いていると、正面から、ラーメンのような髪をした男子がやってきた。

「やあ、高坂」

立ち止まって、右手を腰にあてると、感じの悪い笑顔で挨拶する。瞬太のことは思いっきり無視らしい。

「やあ、浅田《あさだ》君」

高坂も、いつもの感じのいい笑顔とは微妙に違う笑顔で答える。

「校内新聞創刊号、読ませてもらったよ。編集や配布も一人でやってるんだろう? いろいろ大変そうだね」

「たいした手間じゃないよ。慣れてるからね」

二人の間にひややかな空気が流れる。

「でもさあ、一人だとどうしても隔週が精一杯だから鮮度が落ちるよね」

人さし指に前髪をからめながら、ちらりと高坂を見た。

「鮮度で君たちと勝負する気はないよ」

「記事で勝負かい？　でも一人で全部紙面をうめるとなると、どうしても内容が薄くなっちゃうし、マンネリ化しちゃうんじゃないかなぁ」

「気をつけるよ。アドバイスありがとう。もう授業がはじまるから行くね」

にっこり笑って高坂は歩きだした。瞬太もあとを追う。

「委員長、あいつ何？」

「パソコン部だよ。どうも僕のことをライバル視してるらしくて、からんでくるんだよね」

「ああ、WEBニュース勝負を委員長にいどんで負けたやつか。ああいうの、負け犬の遠吠えって言うんだろ？」

「そこまで言うと気の毒だよ」

高坂はクスッと笑った。

「やっぱり一人で新聞だすのって、大変？」

「だいぶ慣れてきたから大丈夫」

「おれがもうちょっと頭良くて文章が書けたら、手伝えたんだけど……。ごめん」

「覚悟の上ではじめた新聞同好会だから、沢崎が気にすることはないよ」

そう笑ってみせたものの、その後、高坂は黙りこんでしまった。浅田に言われたことを気にしているのかもしれない。

四

放課後、ホームルームが終わったところで、瞬太は高坂に起こされた。三井と三人で、教室の窓側後方の隅に陣どる。

「さっき見たら、廊下に遠藤さんがいたよ。教室から君たちがでてくるのを待ちかまえてるんだと思う」

瞬太は嗅覚を全開にして、匂いを探してみた。

「あ、いるね。廊下から遠藤さんの匂いがする」

「えっ、沢崎君、ここから廊下の人の匂いがわかるの？　すごいねー」

「ええと、なんていうか、特技なんだ」

自分はキツネだから当然だ、と、言うわけにもいかず、瞬太は笑ってごまかす。まだ三井には正体を内緒にしているのである。

「倉橋はもう部活に行っちゃったんだよな？　どうせなら、倉橋を追いかければいいのに、なんで三井をつけまわしてるんだろ」

「君たちがつきあってるかどうか、まだ疑ってるんだと思う」

「うへ、それで確認か」

「というわけで、彼女が納得するまで、当分の間、カップルっぽく偽装してくれ」

高坂の言葉に、瞬太はきょとんとして首をかしげた。

「カップル……っぽく？」

「うん、沢崎と三井さんがつきあってるって納得すれば、そのうち三井さんへの興味を失って、倉橋さんの追っかけにもどると思う」

「遠藤さんって、怜ちゃんのファンクラブに入ってるだけじゃなくて、追っかけもやってたの？」

三井の問いに、高坂はうなずく。

「もともとはそうだね。四月にちょっとだけ、倉橋さんを取材させてもらったんだけど、その時彼女を見かけた記憶がある」

「そうだったのか」

「だが、君たち二人がつきあってないとわかったら、また、三井さんと倉橋さんはあやしいとか言って、しつこく三井さんを追いかけまわす可能性がある」

「うへ」

「まあ一日二日の辛抱だから、なるべく楽しそうにおしゃべりしながら帰ってくれ」

「わかった」

「うん」

瞬太と三井は同意した。

かくして二人は、一緒に下校することになったのである。といっても、ここ三日間ずっと三井のボディガードとして一緒に登下校していたため、特にかわりばえはしない。通学鞄を持って、ならんで校門をでる。

「ええと、じゃあ、今日も三井の家に送ればいいんだよね？」

「うーん、今日は家に帰る前に、陰陽屋さんによりたいな。遠藤さんのこと、店長さんに報告しといた方がいいと思うの」

「ああ、そっか」

そんな話をしながら歩いていても、数メートル後方からびしびし視線がとんでくるのを背中に感じて、一瞬たりとも気をぬけない。

「本当にすごい視線だね……。目力《めぢから》ならぬ、視線力っていうか。陰陽屋までお祓いにきた気持ちがよくわかるよ」

「ごめんね、沢崎君まで巻きこんじゃって……」

「いや、おれは暇だから全然気にしないで」

「カップルっぽくして、って、高坂君が言ってたけど、手とかつないだ方がいいのかな

「……？」

「え、あ、そうか」

三井と手をつなぐ、と考えたら、瞬太は急にドキドキしてきた。なんだか緊張でてのひらが汗ばんできたようである。てのひらを制服に押しつけて汗をふく。これはあくまで演技で、偽装なんだから、落ち着け、と、自分に言いきかせる。

ちらっ、と、横を見たら、三井と目があってしまった。

「あれ、沢崎君……」

三井が不思議そうな顔で立ち止まった。

「目がちょっと光ってる？」

「えっ⁉」

ドッキーン。

特大の鼓動が身体をつらぬく。

興奮でキツネに変身しかかっているのを見られてしまった。

「それに、なんだか、目の真ん中の黒いところが、縦長になってるような……」

三井がじっと瞬太の瞳孔《どうこう》を見つめている。

瞬太はあわてて、目をそらした。

「き、気のせいだよ」

緊張で声がかすれてしまう。

もどれ、もどれ、人間にもどれ。

瞬太は必死で念じた。

このままでは、三井に、自分の秘密がばれてしまう。

化けギツネだってばれたら、三井に嫌われるかもしれない。怖がられるかもしれない。

そんなの嫌だ。

心臓がバクバクして、今にも破裂しそうである。

「光の加減で、いつもと違って見えただけかな。変なこと言ってごめんね」

ふふふ、と、三井はおかしそうに笑った。

「中学の時、沢崎君は実は人間に化けてるキツネだなんて噂を聞いたことがあったから、もしかしたら本当に⁉ なんて思っちゃった」

「ああ、おれ、お稲荷《いなり》さんで拾われたから、昔からそういう噂があるんだよね」

明るく笑いとばそうとしたが、何だか声が変かもしれない。

そうか、三井も噂のことは知ってるんだ。そもそも瞬太が化けギツネだということは、中学の同級生ならほとんどみんな知っている、なんて、高坂も言っていた。

一体どうしたらいいんだろう。

パニックで頭がくらくらする。

だめだ。とても身体がもたない。

「や、やっぱり、急に手とかつなぐとわざとらしいから、今日はやめよう」

瞬太は強引に話題をもとにもどすと、大股で歩きはじめた。右手と右足が一緒にでている気もするが、もう、そんなことはどうでもいい。

なんとなく気まずくて、二人で正面ななめ下を見ながら歩いた。

五

なんとか陰陽屋までたどり着くと、二人は祥明に遠藤茉奈の一件を説明した。

「遠藤茉奈を敵にまわすと、倉橋怜ファンクラブ全体を敵にまわす危険がある。あの団体は、あなどりがたい一大勢力だから絶対うかつなことをしちゃだめだ。ガツンと言ってやるなんてもってのほか。とにかく穏便にごまかせ、って、委員長が言うんだけど……」

そこまで気をつかう必要ってあるのかな、と、瞬太は首をかしげた。祥明は興味深そうに瞬太の話を聞いている。

「情報通の彼が言うのなら、そうなんでしょう。それにしても、女子生徒の仕業《しわざ》だったとは意外でしたね。それで、その遠藤茉奈さんは今も君たちを見張ってるんですか？」

「たぶんお店の前に張りこんでるよ」

「ふむ」

祥明は瞬太に、仕事着である童水干《わらべすいかん》に着替えるよう言いつけると、店の外にでていってしまった。

まさかと思い、大急ぎで着替えると、案の定、祥明が遠藤を連れて店へもどってきたところだった。三井はもちろん、遠藤もかなり困惑した顔をしている。

「陰陽屋へようこそ、お嬢さん。うちの恋占いは当たるって評判なんですよ。試しにいかがですか？」

「占いなんて」

遠藤はばかにしたように肩をすくめた。

「もちろんお遊びだけど、けっこう奥が深くて、はまる人もいるんだ」

「そうそう、怜ちゃんも陰陽屋さんの占い大好きだよ？」

祥明が占いをすすめる以上、何らかの計算があってのことに違いない。瞬太と三井は遠藤に占いをプッシュしてみた。

「怜さまが、ここによく来ているのは知ってるけど……」

遠藤はファン心理を刺激されたらしい。

「たいして時間はかかりませんから、どうぞ椅子におかけください」

「じゃあ、ちょっとだけなら」

遠藤は三井の隣に腰をおろした。

「式盤《ちょくばん》使う？　手相占いにする？」

瞬太の問いに、祥明は頭を左右にふる。

「水盆《すいぼん》の用意をしてください」

「水盆？」

思わず瞬太は聞き返した。祥明が霊障相談の客以外に水盆を使うのは珍しい。

「ええ、水盆です」

祥明はきっぱりと答える。

一体、何をたくらんでいるのだろう。

不思議に思いながらも、瞬太は水盆の支度にかかった。

少なくとも瞬太が知る限り、只野《ただの》にしかけを見破られて以来、久々の出番である。

瞬太はそろそろと銀色の水盆をはこぶと、テーブルに置いた。お盆にはられた無色透明の液体は、ただの水にしか見えないが、例によって水酸化ナトリウム水溶液である。

祥明は、とりあえず水盆は無視して、遠藤への質問をはじめた。

「お嬢さんのお誕生日を教えていただけますか？」

「一月十日です」

「月将《げっしょう》は丑《うし》、十二星座では山羊《やぎ》座ですね。血液型は？」

「Oです」

「ふふふ、面白い組み合わせですね」

「何がですか？」

「真面目で頑固な山羊座、開放的なO型、その一方で、課体はたぐいまれなる個性と才能をもつ重審《じゅうしん》課です」

「個性と才能？　あたしが？」

遠藤は目をしばたたいた。たぐいまれなる個性と才能と言われて、興味をそそられない客はいない。

だが、占うまでもなく、良くも悪くも遠藤がたぐいまれなる個性の持ち主であることはあきらかだ。

「陰陽道の占いでは、そうでていますね。おそらくあなたは、さまざまに、複雑な特性の入り交じった人ではありませんか？」

「どうかしら」

「さらに見ていくと、三伝四課の中に、二つ勾陳《こうちん》がある、いわゆる勾陳格の運勢です。これはついている時はつきまくるが、そうでない時は破産しかねない極端にドラマティックな運勢ですが、アスリートなどの勝負師には必須の星でもあります」

「え、そうなんですか？」

「平凡な人生は期待しない方がいいかもしれませんね」

祥明は式盤を使っているわけでもないのに、すらすらと遠藤の運勢を解析していく。

「うーん、困ったなぁ」

遠藤は、口ではそう言いながらも、顔はまんざらでもなさそうだ。

「犬と猫だと、猫の方がお好きですか？」

「……犬かも」

「おや、それはなぜですか？」

「んー、なんとなく」

「なるほど」

時おり、「好きな色は？」「嫌いな食べ物は？」など、いつもの占いではきかないような質問もまぜていく。どうやら祥明は、占いをだしにして、遠藤の性格や行動にさぐりを入れているようだ。

だがそれが、一体何の役にたつというのだろうか。

六

「倉橋さんのファンになったきっかけはあるんですか？」

「特にきっかけっていうのはないかな。入学式で一目見てファンになりました。きれいで、きりっとしてて、剣道も強くて……。普通の人とは全然違う、特別な人だなって思います」

「倉橋さんの追っかけはしたんですか？」

「もちろん。でも、怜さまには他にもいっぱい追っかけがいて、その上、パソコン部まで取材に来てたりで、あたしの存在なんて全然気づいてくれなかったけど……。ファンクラブ内の暗黙のルールで、中学時代から怜さまの追っかけをやってる子たちが優先的に話しかけていいってことになってて、あたしみたいに、よその中学から来た新参の追っかけはなかなか近くにもよれないし」

祥明は遠藤の話を聞きながら、両手を水盆の上にかざした。

「そんな状況では、倉橋さんの親友である三井さんが、さぞかしうらやましかったことでしょうね」

ぎくっとしたように顔をこわばらせたのは、三井の方だった。

「別に、うらやましいってことはなかったけど。納得してないだけで」

遠藤は腕組みをして、肩をすくめる。

「ファンクラブ内でも、三井さんを怜さまが親友あつかいしてることを不満に思ってる子はいっぱいいる。みんな、内心は不満だけど、幼なじみだから仕方ないってあきらめムードで見てるだけ。でも、あたしは違う。三井さんがどういう人なのか、きっちり調べることにしたの」

「それで、三井さんの行動をチェックすることにしたんですね」

「パソコン部が取材にはりついたくらいだから、三井さんには何かあるのかもしれないと思って。でも、本人の前で悪いんだけど、三井さんって、ごくごく普通の人だよね。何かすごい美点があるってわけでもないし、とりたてて優秀な人でもないし、どうして怜さまが特別あつかいしてるのか、全然わからない」

なんて失礼なことを言うんだ、と、瞬太はムッとした。だが、邪魔をするな、と、祥明に無言の圧力をかけられて我慢する。三井が泣きだしたらどうしよう、と、そっと顔を見ると、少なくとも表面上は平然としているようだ。

「つまり、倉橋さんの親友には、自分こそがふさわしいと？」

祥明はずっと水盆の上で両手を動かし続けている。

「そこまでは言わないけど、でも、三井さんじゃなくてもいいんじゃない？　とは思ったかな」

祥明はぴたり、と、手の動きをとめた。

「水面がざわめきはじめました」

お盆の底から、水面にむかって、こまかい泡がプクプクと浮きあがっている。もちろんいつものように、こっそりアルミニウムを投入したのだ。

「え……何なの、この泡。炭酸飲料？」

「サイダーに見えますか？」

「……泡のたちかたが違う気がするけど……シュワシュワしてないし、表面に泡の層もできないし……でも、じゃあ、この泡は？」

祥明は遠藤の問いに答えず、じっと泡に目をこらしている。

「お嬢さんは、倉橋さんを追いかけても自分の存在に気づいてもらえなかった、と言っておられましたね。もしかしたら、倉橋さんは、お嬢さんが違う人と運命で結ばれているのを無意識のうちに感知したからかもしれません」

「は？　運命？」

唐突な展開に、遠藤は眉をひそめた。

「だから、倉橋さんは、お嬢さんとの関わりを無意識にさけたのではないでしょうか。誰だって、つらい別れで傷つくのは嫌ですからね」

「何が言いたいんだか、さっぱりわからないんだけど」

一体祥明は何を言いだすのだろう、と、瞬太も身がまえる。

「水盆に、一人の男子がうつっています。飛鳥《あすか》高校の制服を着ていますね。とても頭のいい少年で、あなたの身近にいる人です」

「えっ、誰⁉」

遠藤は驚いて、椅子から腰をうかせた。

水盆に運命の人がうつっているなんて言われたら、「インチキでしょ」とあっさり否定しそうな性格に見えたのだが、同じ高校に運命の相手がいると言われては無視できないらしい。一応、遠藤も、普通の女子高生なんだな、と、瞬太はびっくりする。

「わかりませんが、これだけはっきり霊視できるということは、たぶん、お嬢さんとはもう出会っているはずです。心当たりはありませんか？」

祥明は顔をあげて、にっこり微笑《ほほえ》むと、遠藤の目をじっと見つめた。遠藤はぱっと目をそらす。

「で、でも、あたしが好きなのは、怜さまだし」

頬を紅潮させて、うろたえながら言う。

「もちろん、必ずしも運命に従う必要はありません。運命というのは、変更がきくものです。倉橋さんを選ぶか、彼を選ぶかを決めるのはお嬢さん、あなたです」

「ど……どうしたら……」

落ち着かない様子で、髪をかき上げる。

「今すぐ決める必要はありません。じっくり考えてみてください。最初に言いましたが、あなたには勝負強い星の運勢がついていますから、どの道をすすんでも大丈夫です」

「本当に？」

「私の言葉を信じるのも、ただの占い師のたわごとと聞き流すのも、お嬢さん次第です」

「なによ、結局全然あてにならないんじゃない。もういいわ」

ブツブツ文句を言いながらも、心ここにあらずといった様子で、遠藤は店をでていった。足どりはふわふわしているし、家に帰り着くまでに、何度も電柱にぶつかりそうである。

遠藤の足音が十分遠ざかり、聞こえなくなったのをたしかめると、瞬太はくるりと祥明の方をむいた。

「祥明、あんな口からでまかせを言って、また責任をとれってせまられたらどうするんだ。なにが運命の人が見えます、だよ。先月の騒動をもう忘れたのか？」

「えっ、でまかせだったんですか⁉」

三井はびっくりして、目を大きく見開く。すっかり祥明の占いにだまされていたようだ。

「まるっきりのでたらめというわけではありません。察するに、遠藤さんが好きなのは、倉橋さんではなくて、メガネ少年です」

「委員長⁉」

瞬太と三井は、同時に大声をはりあげた。

七

「二人とも全然気がつかなかったんですか？　パソコン部が取材に、という言葉を彼女は二回も口にしたのに」

「そうだっけ？」

「そもそも高坂君が、倉橋さんの取材をしたのは、ほんの一日か二日だと聞いています。それを気にしているなんて、かなり意識している証拠でしょう。それに、彼女が倉橋さんから三井さんに追っかけ対象を変更した時期が、ちょうどメガネ君の取材時期とかさなっています」

三井が、あっ、と、うなずいた。

「そういえば、変な視線を感じはじめたのは、あの頃からだったかも……」

「そうでしょう？　だから、遠藤さんにとっての運命の人は、メガネ少年なんです。もし心当たりが全然なければ、水盆に運命の相手が見える、と、私が告げた瞬間に、そんなばかな、と、あっさり否定していたはずですよ」

　ただし、メガネ少年にとっての運命の女性が遠藤さんかどうかは、また、別の話ですけどね、と祥明はいたずらっぽく笑う。

「さらに言えば、彼女は倉橋さんのことを、特別な人だと言っていました。つまり、遠藤さんが憧れているのは、メガネ少年の特別な存在になって、特別あつかいされることなんですよ」

「ええと、つまり、怜ちゃんのファンだから、怜ちゃんと仲がいいあたしのことを調べてるって遠藤さんが言ってたのは、嘘だったんですか？」

「意図して嘘をついたわけではなく、たぶん、自分でもそう思いこんでるんでしょう。倉橋さんのファンは大勢いるし、追っかけをすることは全然恥ずかしくない。その親友がふさわしい人物かどうか見極めるのも正当な行為だって、自分に言い訳してるんじゃないでしょうか？」

「そうだったんですか……。あたし、全然気がつきませんでした」

　三井は驚きつつも、祥明の推理に感心している。

「でも、遠藤がそんな面倒くさい性格だっていう証拠はあるのか？」

「彼女、手の甲に浅くて細長い傷の痕《あと》がいくつかあったが」

「そうだっけ？」

「あれは、猫好きの手だよ」

たまに手相占いであああいう手の人にあたるのだが、やんちゃな猫を飼っていると、ああいう傷痕がつくらしい、と、祥明は解説した。

「なのに自分は犬の方が好きだなんて答えてただろう？」

「すごい嘘つきってことか？」

「というか、照れ屋なんだな、たぶん」

「はあ……」

ややこしい照れ屋だなぁ、と、瞬太はため息をついた。

「素直に委員長を追いかけまわせばいいのに、三井のストーカーをして、しかもあんな悪口まで言って、まったく三井がかわいそうだよ」

「怜ちゃんとくらべられて悪口を言われるのには慣れてるけど、追いかけられたのは初めてだったから、ちょっと怖かったかも。でも理由がわかったから、もう大丈夫だよ」

三井のけなげな言葉に、瞬太はまたも胸がざわめくのを感じる。

落ち着け、落ち着け、キツネになっちゃだめだ。

「ご安心ください。倉橋さんがいいか、メガネ少年にするか、選択権は自分にあると言われて、今、遠藤さんは、特別な立場にいる気分を満喫しながら、どちらを選ぶか迷っているはずだから、もう君たちを追いかけまわすどころではないでしょう。これで晴れて自由の身です。おめでとう」

「ありがとうございます」

三井は、ぱあっ、と、嬉しそうな笑みをうかべた。

「沢崎君も見張り役ありがとう、本当に助かった」

「うん……」

よかったな、と、答えながらも、偽装カップルのミッションがわずか数時間で終了してしまい、瞬太はちょっと複雑である。

ほんのりとピンク色をおびた灰色の雲の下、三井はにこにこしながら帰っていった。小さくなっていく制服の後ろ姿を見送って、瞬太は店の前でへたりこむ。

「どうした？」

「今日はいろいろありすぎて、疲れた」

ついつい祥明に愚痴をもらす。

遠藤茉奈はなんだか理解不能な女子だったし、三井春菜と手をつなげそうになって舞いあがったり、正体がばれそうになってパニックをおこしたり。

どうしてあんなに、三井に秘密を知られることが怖かったのだろう。

祥明には自分からばらしたし、只野先生にアルバイトをやめろと言われた時も、事情を話してもかまわないと思った。高坂に正体を指摘された時はびっくりしたが、あんなにあわてはしなかった。

なぜ好きな女の子にだけは化けギツネだと知られたくないのか、嫌われたらどうしようなんて思ったのか、自分でもよくわからない。

瞬太はちらりと祥明を見た。

「何だ？」

「……化けギツネって、怖い？」

「熱でもあるのか？　狐火《きつねび》しかだせない妖怪のどこを怖がれって言うんだ」

「ちえっ、停電の時、急におれをちやほやしても助けてやらないからな」

予想通り、あっさり否定されてしまった。なんだか寂しい気もするが、祥明ならこう答えるに決まっているか。

三井のことはこれ以上考えても混乱するだけだから、今日はこのへんでやめておくことにする。

「あのさ、ひとつだけ聞き忘れてたんだけど、どうして今日は水盆を使ったんだ？　最初から遠藤が委員長を好きだって気づいてたわけじゃないよな？　手相占いでもよかったんじゃないか？」

「手相占いなんてとんでもない。あんなストーカー体質の娘《こ》の手を握って、目を見て、甘い言葉をささやいたりしたら、どんなことになるか。結婚をせまられるのは二度とごめんだ」

祥明は眉間にしわをよせて、顔の前で扇をひろげた。

「おいおい、どれだけうぬぼれてるんだ」

「彼女が毎日、陰陽屋にあらわれたら、キツネ君だって他人事じゃなくなるぞ」

「そ……それは、ちょっと怖いな」

「だろう？」

珍しく店主とアルバイト店員は意見が一致したのであった。


それから一週間後の朝。

教室に着くなり、高坂が、ふーっ、と、ため息をついた。

「あれ、委員長、どうかしたのか？　委員長に限って、中間テストのヤマがはずれたなんてわけはないよな？」

瞬太が尋ねると、いつになく暗い顔で高坂はうなずく。

「最近、背後からすごく鋭い視線を感じるんだよ」

「えっ、もしかして、ストーカー!?」

瞬太は教室の後ろ扉を見た。人の姿は見えない。だが、廊下からただよってくるこの匂いは、間違いなく遠藤茉奈だ。

「それが、何度ふり返っても、誰もいないんだよね」

「へー……」

「まさか、幽霊ってことはないよね？」

「さ、さあ、どうだろ」

「一度陰陽屋さんに行って、みてもらった方がいいのかな……」

高坂はしきりに首をひねっている。

ごめん、委員長、運命だと思ってあきらめてくれ。

瞬太は心の中でそっと手をあわせたのであった。

第四話

ゴースト・バスターズ

一

まだ六月だというのに、はやばやとやってきた台風が東京中を大暴れしながらかけぬけていった次の日。

瞬太《しゅんた》がアルバイトを終えて帰宅すると、見慣れぬ靴が玄関にならんでいた。

「ただいま。お客さん来てるの？」

声をかけながら居間をのぞくと、部屋の真ん中にどーんと座っているのは、吾郎《ごろう》の母親にして、みどりの天敵である、沢崎初江《さわざきはつえ》だった。瞬太にとっては祖母にあたる。

背はそれほど高くないが、背筋がしゃっきりと伸びているせいか、実際よりもひとまわり大きく見える。年齢は六十代後半で、髪は八割がた白い。祖父が亡くなったあとも、谷中《やなか》の自宅で一人暮らしをしながら、三味線教室をひらいている。車で二十分ほどの距離だが、王子《おうじ》まで訪ねてくることは年に一、二度しかない。

しかし、なぜ初江の背後に、ダンボールが十箱ばかりつみあげられているのだろう。

「おや、おかえり、瞬太」

初江は座卓に湯呑みを置いて、瞬太を見上げた。

「ばあちゃん、久しぶりだね。このダンボール箱の山は一体どうしたの？」

「遊びに来たように見えるかい？」

「違うんだ……」

昨夜の台風で、隣家の屋根瓦が祖母の住宅を直撃。屋根に穴があいてしまい、ひどい雨漏り状態になってしまった。

今朝、早速、近所の工務店に電話をしてみたが、かなりの家屋で被害がでており、順番に修理してまわるが、比較的被害の少ない初江の家はしばらく待ってほしいと言われたのだという。

それで、仕方なく、三味線と着物をダンボールにつめ、車につんで、王子まで避難してきたらしい。もちろん、力仕事は、ほとんど吾郎がやらされたのだろう。

「まったく、梅雨のまっただ中だっていうのに、屋根に穴があいちゃうなんて、とんだ災難だよ」

「たしかに、それは、とんだ災難だね」

瞬太もしみじみと同意した。

初江にとってはもちろん、今日は夜勤で家をあけているみどりにとっても、青天《せいてん》の霹靂《へきれき》だったに違いない。

去年の秋、初江が病気で倒れ、退院後しばらくこの家で暮らしたことがあったのだが、わがままな病人と意地悪な姑《しゅうとめ》をたして二を掛けたような傍若無人ぶりで、ほとほとみどりを困らせたものだった。

ちょうどその頃、吾郎が長年勤めていた会社が倒産し、ストレスがピークに達していたみどりがかけこんだのが、開店したばかりの陰陽屋だったのである。

今回は初江は病人ではないし、みどりもフルタイム勤務になり、家をあけていることが多いので、二人が激突することは少ないはずだ。たぶん。

「母さん、今、晩ご飯の支度をしてるんだけど、何か食べられないものはある？」

台所から吾郎が顔をのぞかせた。

「あんたは本当にエプロンが似合わないねぇ」

げんなりした顔で初江は答える。

「……えー、味付けは薄味の方がいいよね？」

「何でもいいよ。どうせあんたの料理なんて食べられたもんじゃないに決まってるから」

「母さん……」

吾郎は困ったような笑みをうかべて、立ちつくす。初江の毒舌は実の息子に対しても容赦がないのだ。

まさに今夜、沢崎家には台風が襲来し、しかも、当分居座る気配である。

瞬太は心の底から沢崎家の平穏を祈った。


翌朝。

瞬太が洗面台で顔を洗っていると、みどりが興奮した様子で夜勤から帰ってきた。

「大変よ、大変！　ついにでたわ！」

玄関で靴を脱ぎながらさわいでいる。

「でたって？」

まさかばあちゃんのことじゃないだろうな。そんな大声でさわいだら本人に聞こえちゃうぞ、と、瞬太は心配顔で尋ねる。

「病院ででたっていえば、幽霊に決まってるじゃない！」

「ええっ⁉」

瞬太が食卓の席につくと、みどりは嬉々として話しはじめた。

「あれは昨夜の、十時半くらいだったかしら」

みどりが夜勤中、一人で廊下を歩いていたところ、誰もいないはずのストックルームから物音が聞こえてきた。ストックルームというのは、要するに、備品倉庫である。寝ぼけた入院患者が、間違って迷いこんだのかと思い、みどりはドアをあけてみた。だが、そこには誰もいなかったのだ……。

「きっと幽霊よ、間違いないわ」

みどりは頬を紅潮させて断言した。みどりは昔から、テレビの心霊番組を欠かさず録画してチェックしているほどのオカルト好きなのである。

「みどりさん、朝から大声でさわぐのはやめてちょうだい。どうせ、ねずみに決まってるわよ」

初江が椅子に腰をおろしながら、呆れ顔で言う。

「お騒がせしてすみません、お義母《かあ》さん。でも、ちゃんと、あかりもつけて確認しましたけど、ねずみもゴキブリもいませんでした」

みどりは鼻息も荒く反論した。他のことならいざしらず、大好きなオカルトに関しては、たとえ相手が姑だろうと譲る気はないらしい。

「ふーん、それで、幽霊は見えたのかい？」

沢庵《たくあん》をぽりぽりいわせながら、初江はつっこんだ。

「あら、見えないから幽霊なんですよ」

みどりも負けずに切り返す。

いつもはこのへんで吾郎が仲裁に入るのだが、今日は無言で味噌汁をすすっている。嫁姑の戦い以上に怪談が大の苦手なので、話に参加したくないのだろう。

「ええと、まあ、病院だし、幽霊の一人や二人いても不思議はないいんじゃないかな？」

瞬太があたりさわりのない一般論を言うと、みどりは顔をぱっと輝かせた。

「そうよね。早速、今日にでも陰陽屋さんに行って、調査をお願いしなくっちゃ」

「陰陽屋っていうのは何だい？」

初江はいぶかしげな表情で尋ねる。

「おれのアルバイト先。一応、陰陽師の店ってことになってて、占いやお祓《はら》いをやってるんだ」

「祥明さんっていう、すごく素敵な陰陽師が店長さんなんですよ」

「ふーん、陰陽師ねぇ」

初江はうさんくさそうに鼻にしわをよせた。

二

ここのところ雨続きなので、屋上はごぶさたになっている。昼食は教室で弁当をひろげるか、食堂で昼定食を頼むかの二択だ。今日は休み時間に早弁をした岡島《おかじま》のリクエストで、食堂に行くことになった。

「委員長、今日も食欲ないみたいだけど、調子悪いの？」

江本《えもと》に言われて瞬太も気づいたが、カレーが半分もへっていない。

「まだ六月なのにもう夏バテか？」

そう尋ねる岡島は、二度目の昼食とは思えない勢いでカレーを平らげつつある。

「いや、夏バテじゃないんだけど……」

「新聞のことが気になって食がすすまないんだろ？」

通りすがりに嫌味な声をかけてきたのは、パソコン部の浅田《あさだ》だ。湿度が高いせいか、いつも以上に派手に髪がうねっている。

「そんなことないよ」

「ふーん？　まあうちではいつでもコラムニストさん募集中だから、一人が寂しくなったら来るといいよ」

ニヤニヤ笑いながら去っていった。

「なんだ、あいつ。感じ悪いな」

瞬太はムッとしながら言う。

「最近パソコン部はがんばってるからね」

高坂《こうさか》は気を取り直したのか、スプーンを口にはこびはじめた。

「そうなの？」

「うん。沢崎はほとんど寝てたから知らないだろうけど、このまえの体育祭は一時間ごとに速報をだしたり、インタビューもいっぱいとってたよ。写真もたくさんアップしてたし」

「あいつら文章書けないぶん、人海戦術で攻めることにしたんだな」

「僕には人海戦術はとれないからね」

江本の言葉に高坂はうなずいた。人一倍働き者でフットワークの軽い高坂も、体育祭のように大きなイベントを一人でフォローするのは難しかったようだ。口にはださないが、悔しいと顔に書いてある。

「あと、あいかわらず変な視線みたいなのを背中に感じるんだよね。忙しくてまだ陰陽屋さんに行ってないんだけど、疲れてるのかな」

瞬太はあやうくお茶をふきだしそうになった。湯呑みを置いて、周囲をぐるりと見回す。

するよ、五メートルほど離れた席に遠藤《えんどう》の姿が見えた。まだ高坂のことを追いかけているようだ。

「ええと、委員長、何て言ったらいいのか……」

瞬太が言葉につまっていると、岡島が、ぽん、と、高坂の肩に大きな右手をのせた。

「元気だせよ委員長。今度、秘蔵の写真集貸してやるから」

「岡島の秘蔵はすごそうだな」

高坂は苦笑した。

放課後。

ようやくホームルームが終わり、通学鞄を肩にかけて廊下にでると、瞬太は後ろからよびとめられた。

「ちょっと、沢崎君」

聞きおぼえのある高飛車な口調に、嗅ぎおぼえのある柑橘系の匂い。そして何よりも、背中にビシビシとつきささるこの視線。ふりむかないでもわかる。恐怖のストーカー体質少女、遠藤茉奈《まな》だ。

「沢崎！」

もう一度名前をよばれて、瞬太はいやいやふりむいた。

「おれに何か用？」

「用があるからよんでるに決まってるでしょ」

「これからバイトなんだけど……」

「すぐすむから」

遠藤はあごをしゃくって、教室をでるよう瞬太に要求した。何だか機嫌が悪そうである。

ここでいいか、と、遠藤は誰もいない物理地学室に入った。瞬太もあとに続く。

「あのさ、三井《みつい》さんのことなんだけど」

「な、何？」

まだ三井のことを探っていたのか、と、瞬太は驚く。

「沢崎とつきあってるんだよね？」

「あ、うん、まあ」

そうだ、遠藤にはそういうことになっていたんだっけ、と、瞬太はあいまいにうなずいた。

「最近よく高坂君と接触してるみたいだけど、どういうこと？　昨日なんか、二人きりで一時間以上話しこんでたわよ」

「えっ、何で⁉」

瞬太はびっくりして聞き返した。

「気づいてなかったの？」

「全然……」

遠藤は腕組みをして、舌打ちする。

「ということは、浮気か。あの女、おとなしそうな顔をして、とんだくわせ者ね」

「三井と、委員長が……？　そんなはずはないけど」

どういうことだろう。瞬太は何が何だかわからず、呆然としてつぶやいた。

瞬太は、以前、高坂に、三井のことが好きなのか尋ねたことがある。その時、高坂は、きっぱり否定していたのだが。

今日だって高坂と一緒に昼食をとったが、特に変わったところは……ないことはなかったが、三井の話はでなかった。

「沢崎がしっかりつかまえてないからだめなんじゃない。これ以上二人が接近しないように、ちゃんと見張っておきなさいよ」

瞬太の鼻先に人さし指をつきつけ、言うだけ言うと、じゃああたしは忙しいから、と、遠藤は行ってしまった。おそらく高坂の追っかけにもどったのだろう。

それにしても、三井と高坂は何の話をしていたのだろうか……

高坂は自分より頭がよくて、背が高くて、クラスメイトへの面倒見もよく何かと頼りになる。それにひきかえ、自分のとりえといえば、キツネジャンプくらいだ。この間もバスケ部に勧誘されたくらいジャンプには定評があるが、それだけで高坂に太刀打ちなどできるはずもない。

台風の襲来におびえていたら、雷雨の不意打ちを受けてしまった気分である。

一人残された教室で、瞬太は途方に暮れて立ちつくした。

重い足どりで陰陽屋へたどりつくと、なぜか祥明《しようめい》はいつもの陰陽師スタイルではなく、白い夏物のスーツを着ていた。シャツは濃いグレーで、ネクタイは薄紫である。

「なんだ、その格好。ホストにもどったのか？」

「みどりさんに病院の怪現象を調べにきてくれって頼まれたんだ。だから店は早じまいして、これから行くぞ」

「ああ、幽霊がでたって母さんさわいでたな」

瞬太は珍しく、気乗りしない様子でつぶやいた。

「病院に行くのが嫌なのか？」

「別にそういうわけじゃないけど、さっき遠藤に変な話を聞かされちゃったから、気になって……。三井と委員長があやしいって言うんだ」

遠藤から聞いた話をすると、祥明は肩をすくめた。

「なんだ、そんなことか。どうせまた陶芸の取材でもしてたんじゃないのか？　メガネ少年が出没する時は必ずネタ探しだろう。あいつは本当に勤勉だからな」

さんざんネタにされたせいか、祥明はあっさりと断定する。

「そうか、取材か。そう言われれば、委員長は取材命だもんな」

瞬太はほっとして、大きく息を吐いた。

「気になるなら、直接、本人にきいてみればいい。それより、通りにだしている看板をしまってきてくれ」

「わかった」

　さっさとでかけたい祥明に、適当に言いくるめられたような気もしないではないが、たしかに、取材の可能性は高そうである。いや、きっと取材に違いない。

　瞬太は軽々と二段飛ばしで階段をかけあがった。

三

　みどりが勤めている病院は、中規模の総合病院だった。地上七階建てのビルで、地下もあり、常に百人前後の患者が入院しているという。

「一応CTやMRIなんかの立派な設備もあるんだけど、検査して、うちでは手にあまるような大病だってわかったら、提携している大学病院にお願いしちゃうのよ。だから、ここで患者さんが亡くなって幽霊がでたなんて怪談は聞いたことないんだけど、やっぱり夏になるとでるものなのかしら」

　白衣に紺のカーディガンのみどりは、嬉しそうな口ぶりで説明しながら、二人を例のストックルームがある五階に案内する。

「五階は主に内科の患者さんたちが入院している病室があるの。高齢の方が多いんだけど、たまに若い患者さんもいるわね」

エレベーターのドアがあいた瞬間、正面にあるナースステーションからざわめきがおこった。看護師たちの視線は祥明に釘づけである。

「こちらは内科の看護師さんたち」

みどりがいきなり看護師長に抜擢されただけあって、若い看護師ばかりのようだ。

「こんにちは、陰陽屋の店主で安倍《あべ》祥明といいます」

祥明が営業スマイルで挨拶をすると、一斉に集まってきて、「陰陽屋って何ですか?」「お店はどこにあるんですか?」と質問ぜめになる。これでは仕事にならないとみどりは考えたのか、さっさと二人をストックルームに連れていった。

「ここから物音がしたのよ」

ドアをあけて、照明のスイッチを押す。

六畳ほどの小部屋で、棚にはクリーニングされたシーツや布団、マスクやゴム手袋などの箱がならんでいる。壁も天井も白で、床だけは灰色のカーペットがしかれている。窓はあるが、いわゆるはめごろしの、開かない窓だ。人の出入りは一日に数えるほどだというが、空調が動いているので、特に空気がよどんでいるということもない。

「どう、何かいる?」

「うーん……」

瞬太は隅から隅まで丁寧に見てまわるが、あやしい気配は何もない。

「何の気配も感じないんだけど……」

遠慮がちに瞬太が言うと、みどりはがっかりした顔をした。

「物音にもいろいろありますよね。どんな風な物音だったんですか？　足音とか？」

「えーと、パリッパリッ、みたいな感じだったかしら？」

「ねずみが何かかじっていたんでしょうか。王子では見たことありませんけど、練馬《ねりま》あたりではよくでるらしいですよ」

祥明も初江と同意見らしい。祥明はしゃがんで、棚の裏をのぞきこんだ。ねずみが出入りした痕跡がないか探しているのだろう。ちなみに王子から練馬までは電車で一時間ほどなので、それほど遠くはない。

「ねずみが通れる穴なんてありません。それに、ここには食べ物もありませんから」

「そのようですね」

ねずみの痕跡を発見できなかったらしく、祥明は立ち上がってうなずいた。

「となると、ゴキブリでしょうか。やつらはどこからともなく侵入してきますからね。空調の室外機から、排水管から、あるいは、ほんのわずかなドアの隙間から……」

「あー、たしかにゴキブリは、ここからちょっと離れたところにいるね。カサカサって音がする。ななめ上だから六階かな」

「瞬ちゃん⁉」

みどりは顔をひきつらせる。

「あ、ごめん、母さんゴキブリだめだっけ」

「キツネ君は幽霊だけじゃなくて、ゴキブリの気配もわかるのか」

「うん。幽霊と違って、普通に耳で音を拾ってるだけだけど。ゴキブリは移動する時けっこう特徴的な音をたてるからね。ねずみっぽい音はしないから、少なくともこのへんにはいないよ」

瞬太は耳を軽く後ろに倒し、動かしながら言った。

「あら、ゴキブリの気配だったら、母さんだってわかるわよ。たとえ動いてなくても、音をたてなくても、目の隅に入った途端ピピッてくるもの。ううん、たとえ背後にいてもヤツがいたら感じ取れるわ」

「すごいな」

「そのあたしが言うんだから間違いないわ。昨夜のあのパリッパリッていう音は、ゴキブリじゃありません」

「もしかして空耳だったとか？」

きっと気のせいだよ、と、瞬太が言おうとした時、祥明がすっ、と、瞬太の前に右手をだした。

「ラップ音かもしれませんね」

新説である。

「あっ、そうかも！」

みどりははっとしたように叫んだ。

「何それ？」

「一種の怪奇現象だ。誰もいない部屋でパチッとか、バチッとかいう音が聞こえるらしい。幽霊の仕業《しわざ》だっていう説もある。それがみどりさんにはパリッに聞こえたのかもしれない」

「きっとそうですよ。なるほど、ラップ音だったんですね。まあ、ラップ音を聞いちゃったなんてどうしましょう」

みどりはようやく満足のいく答えを得られて、嬉しそうである。

さすがは祥明、空耳なんて、母さんをがっかりさせる結論しか思いつかない自分とは大違いだ、と、瞬太は感心した。

「もちろん幽霊の可能性も残っています。もしもこの場所に霊道が通っていたら、幽霊が通り抜けていくこともありますから、今、いないからといって、昨夜も幽霊がいなかったとは言いきれません」

それはねずみだって一緒じゃないか。今ねずみがいないからって、昨夜もいなかったとは限らないだろう、と、瞬太は思わないでもない。だが、せっかくみどりが怪奇現象に遭遇したと喜んでいるのに、水をさすこともないだろう。

「そうだよ、母さん、また明日にでも幽霊がでるかもしれないよ」

「そうね！　楽しみ……だけど、うーん」

急にみどりは眉をくもらせた。

しばらくうんうん迷っていたが、ようやく結論がでたのだろう。祥明の顔を見上げる。

「あの、祥明さん」

「何でしょう？」

「もしも悪い幽霊だとまずいので、念のため、お札《ふだ》とかあったら貼っていただきたいんですけど。ほら、よく幽霊って、仲間を増やそうとするみたいじゃないですか。一度交通事故がおきた場所では、続けて何度もおきる、みたいな……」

万が一にも入院している患者さんを連れていかれては困る、と、みどりは考えたらしい。心霊番組愛好家ならではの飛躍した発想だが、本人は大真面目《まじめ》である。

「そうですね。気になられるようでしたら、悪霊よけのお札を貼っておけば安心でしょう」

祥明は商売なので、断るはずもない。内ポケットから何枚か霊符をとりだすと、そのうちの一枚を選んで、棚の裏に貼りつけた。ホテルや旅館の客室で、額縁をはずしたらお札が貼ってあった、という話をたまにテレビでやっているが、ちょうどあんな感じである。

もしうっかり掃除か何かで棚の裏を見ちゃった人がいたら、さぞかし驚いて腰を抜かすことだろうな、と、瞬太は気の毒に思った。

四

　六月の夜は、昼間の蒸し暑さが嘘のように、涼しい風が吹く。窓をあけると、カーテンごしに聞こえる虫の声がにぎやかだ。お隣の庭先では、淡い色の大きな紫陽花《あじさい》が満開である。

　ここのところみどりは夜勤続きだったので、全員そろっての晩ご飯は、初江が来てから初めてのことである。もしかして、初江と顔をあわせるのが嫌で、夜勤をつめこんだのだろうか。

「それでね、昨日陰陽屋の店長さんがいろいろ調べてくれて、ラップ音だったんじゃないかっていうことになったのよ。やっぱり相談してみてよかった」

　昨夜から上機嫌続きのみどりは、一人でしゃべりまくっている。

「ラップ音……」

　急須にお湯をたしながら、吾郎は顔をひきつらせた。

「大の男がそんな青い顔をしないでも、ねずみに決まってるじゃないの。あんたはあいかわらず物の怪《もの　け》のたぐいがだめなんだねぇ」

　初江が情けなさそうに言ったので、瞬太はやや意外な印象をうけた。初江は幽霊の存在自体を否定しているのだとばかり思っていたが、そうでもないようだ。

「ばあちゃんは幽霊とか妖怪って平気なの？」

「あたりまえだろ。谷中にはでっかい霊園があるから、幽霊が怖くちゃ住んでられないよ」

「ああ、じいちゃんのお墓があるところか」

「そうそう」

墓地の話はやめてくれ、と、吾郎は心底嫌そうな顔をする。

「じゃあばあちゃんも、幽霊よりゴキブリの方が怖かったりするの？」

「あんなのただの黒い虫じゃないか。毒があるわけでもないのに、怖がる理由がわからないね」

「で、でもお義母さんだって、素手でアレをさわったりするのは嫌でしょう？」

みどりがおそるおそる尋ねた。さすがに、吾郎や瞬太もそれはできない。

「全然平気だよ」

「ええええっ!?」

驚愕する息子夫婦と孫を前に、フン、と、初江は鼻先で笑った。

「あんたたち、つかめないの？」

「つ、つかむって……」

強い、強すぎる……。

沢崎家最強の勇者はばあちゃんで決まりだな、と、瞬太は確信した。

「それはともかく」

　初江はお茶をひとくちすすると、じろりとみどりを見すえた。

「病院にいるのは、どう考えても、ねずみだよ。ラップ音だ幽霊だってうかれてる暇があったら、ねずみ取りのひとつもしかけたらどうなんだい。ねずみのいる病院なんて、衛生的に問題があるんじゃないの？」

　初江の一言に、みどりは相当カチンときたらしい。

「うちの病院にねずみなんていません。その道のプロである祥明さんが太鼓判を押してくださったんだから、ラップ音といえばラップ音なんです。間違いありません」

　無謀にも、最強の勇者相手にくってかかったのである。

「ラップ音だって証拠はあるのかい？」

「そ、それは……。でも、ねずみだっていう証拠もありませんから」

　二人の周囲にはげしい暴風が吹きはじめたようである。


　翌日の昼休み。

　瞬太は意を決して、高坂を昼食に誘うことにした。

「委員長、久々に屋上で食べないか？」

「今日？」

　高坂はちょっと驚いたように目をしばたたく。

「だめなら別にいいんだけど」

「いや、いいよ」

高坂はにこりと笑って答えた。

弁当を持って屋上へでると、暗い灰色の厚い雲がたれこめていた。今にも雨が降りだしそうである。どよんと湿った大気が首すじにまとわりつく。

「あんまり昼飯むきな天気じゃなかったね。ごめん」

「いや、全然かまわないよ。食堂だとなんだか視線を感じて、落ち着かないし」

「視線って、例の？」

「うん。でも、ふり返っても誰もこっちを見てないから、僕の気のせいかもしれないんだけど」

「へぇ……。大変だね」

瞬太はつい、高坂の顔から視線をそらしてしまう。

「それで、沢崎は何か僕に話があるんじゃないの？　岡島たちに聞かれたくない話があるから、わざわざ屋上で食べようなんて言ったんだろう？」

最近、岡島のみならず江本まで早弁派になってしまい、昼休みはずっと食堂に通っているのである。

「ええと、その、三井のことなんだけど」

瞬太はどう切りだしたものか、一瞬、悩んだ。だが、うまくごまかしながら高坂の話を聞きだすなんて芸当が自分にできるはずがない。

「ええと、最近、三井と委員長がよく一緒にいるとか、一時間以上二人で話しこんでた日もあるとかないとか聞いたんだけど……」

いきなり核心にふみこんでしまった、かもしれない。

「聞いたって、誰に？」

「えー、噂っていうか……」

「っていうか？　僕には言いにくい人？」

さすがは取材の鬼、高坂。言葉の端々にまでつっこみが入る。

「隣のクラスの遠藤茉奈が……」

「遠藤さん？　あの娘《こ》、まだ三井さんにつきまとってるの？」

「ううん」

瞬太は小さくため息をついた。

やはり観念するしかなさそうだ。

「ごめん、委員長。委員長のことをつけまわしてるのは、遠藤なんだ」

瞬太はがばりと頭をさげた。

「遠藤さんが、僕を？」

「実は、あのあと、祥明が……」

瞬太は陰陽屋での出来事を高坂に説明した。

「それで、どうも、遠藤が本当に気になってたのは、倉橋《くらはし》でも三井でもなくて、二人を取材していた委員長だったみたいなんだ」

「ここのところずっと僕が感じていた視線って、遠藤さんだったのか……」

さすがの高坂も、想定外の人物だったらしく、食べかけのおにぎりを右手に握ったまま絶句してしまった。

「あのさ、委員長、それで、三井のことなんだけど」

「え、三井さん？」

もう頭が遠藤のことでいっぱいのようである。

「遠藤が、三井と委員長は二人で一時間以上話してたし、三井は浮気してるって言うんだ。いや、もちろん、本当はおれと三井はつきあってないから浮気でもなんでもないいんだけど、ええと、また、陶芸の取材とかしてただけだよね？」

瞬太はしどろもどろになりながら、一所懸命尋ねた。

「いや、取材じゃないよ」

「えっ⁉　ま、まさか……」

遠藤が言っていた通りなのか⁉

瞬太は緊張のあまり、箸をギュッと握りしめてしまった。力が入りすぎて、指先が白くなっている。

「もちろん三井さんとつきあってなんかいないけどね」

「そうか」

ほっとしたのもつかの間。

「沢崎のことをきかれてたんだ」

「ええっ⁉」

「沢崎は化けギツネだっていう噂があるけど、ひょっとしたら本当じゃないか、って。目が変化するところを近くで見ちゃったみたいだね」

あの時だ。

三井と手をつなごうとした時。

自分ではなんとかごまかせたつもりでいたが、やはり三井は疑っていたのだ。

「それで、委員長は三井に何て答えたの？」

「そんな噂があるのは知ってるけど、真偽のほどはわからない。直接、沢崎にたしかめたらどうかな、って答えておいた。僕が勝手に君の正体をばらすわけにもいかないからね」

「そうか……」

瞬太はぱくりとミートボールにかぶりつくが、気が動転していて、全然味がわからない。

「おれ、三井に本当のことを言った方がいいのかな？」

「言いたければ言えばいいし、言いたくなければ無理に言うことないんじゃないかな」

「うん……」

瞬太は憂鬱な気分で、大きなため息をついた。

五

もこもこした夏の雨雲が灰色とオレンジに染まる黄昏《たそがれ》どき。

階段をおりてくる足音を聞きつけて、瞬太が提灯《ちょうちん》を片手に客の出迎えにいくと、予期せぬ人物が黒いドアをあけて入ってきた。

「ば、ばあちゃん、何でここに⁉」

「おまえがちゃんと働いてるか見にきたんだよ。昨日、みどりさんもお世話になったみたいだし、店長さんにもご挨拶しておかないと、と、思ってね」

要するに、何かと沢崎家の食卓で話題にのぼるオンミョウヤなるものに興味をそそられて、実際に見てみたくなったらしい。

「それにしても、そんな格好で人前にでているとはねぇ」

キツネ耳にふさふさの尻尾《しっぽ》をつけた孫の姿を目の前にして、初江はすっかり呆れ顔である。だが、たいして驚いている様子はない。

「えーと、これ、つけ耳につけ尻尾なんだよ」

「いいよ、そんな嘘つかないでも」

瞬太はいつもの言い訳を初江に一蹴されてぎょっとした。今まで初江が瞬太の正体を知っているようなそぶりをしたことは一度もない。だが、もしかして、吾郎かみどりから聞いているのだろうか。

いや、でも、冗談を言っているだけかもしれないし。

瞬太はどきどきしながら、探りを入れてみることにした。

「えっと、ばあちゃん、ひょっとして、この耳が本物だって思ってる？」

軽く声が上ずってしまったかもしれない。

「だってそうなんだろ」

初江は平然としている。

やっぱり正体はばれているようだ。

「……知ってた？」

「おまえが化けギツネの仔《こ》だっていうのは、前々から気づいてたよ」

「そうなんだ……」

ずっとうまく隠し通してきたつもりだったのに、と、瞬太はがっくりした。

「いつ頃気づいた？」

おそるおそる尋ねてみると、初江はにやりとした。

「小さい頃から、よく、目が光ったり、耳が三角になったりしてたからね。お稲荷《いなり》さんで拾ってきた子だし、キツネの仔なんじゃないかって、死んだおじいさんと言ってたものさ」

「やっぱり目と耳か……」

予想通りの答えに、瞬太はしょんぼりとうなだれた。つい最近も、目のせいで三井に正体がばれかけたばかりである。

「目が光ってても、自分では見えないし、わからないんだよ」

「間抜けだねぇ」

初江はけらけらとおかしそうに笑う。

「吾郎もみどりさんも、一所懸命隠してるみたいだったから、今まで気づかないふりをしてあげてたのさ」

「そういうことだったのか……」

はーっ、と、瞬太は長いため息をつく。

これも三井と同じパターンだ。こっちはうまくごまかしたつもりでも、実は相手がだまされたふりをしてくれているという、なんとも情けない状況である。

「でもさ、息子の養子が化けギツネの子供で、その、怖くなかった？」

「別に。どうせおまえは狐火をだすしか能がない、ただの馬鹿なやんちゃ坊主だったからね」

「うう……」

今でも狐火しかだせない化けギツネは、しょんぼりとうなだれた。さすが谷中の霊園できたえられたベテランだけあって、妖怪に対する遠慮がない。

追い討ちをかけるように、プッとふきだす声が背後から聞こえた。祥明に違いない。

「それに、あたし、まえにも化けギツネを見たことあるから慣れてたんだよね」

「何ですって⁉　詳しく話していただけませんか？」

突然、祥明が割りこんできた。目をらんらんと輝かせて、興奮しているようだ。

「あんたは？」

初江は、見るからにうさんくさい長髪の陰陽師をじろじろと検分した。

「失礼しました。この店の主で、安倍祥明と申します。瞬太君のおばあさまですね。陰陽屋へようこそ」

祥明は丁寧に頭をさげた。

「おや、ずいぶん若い店長さんだね。あたしは沢崎初江。いつも孫がお世話になってます。なるほど、みどりさんの言う通り、店長さんこそ狐が化けたようないい男だこと」

「おそれいります」

祥明はにっこりと笑みをうかべる。

「それで、先ほどのお話ですが、初江さんは以前も化けギツネをご覧になったことがおありになるとか。ぜひ詳しくお聞かせいただけませんか？」

「おれも聞きたい」

瞬太もさっと右手をあげる。

「そう？　もう、かれこれ五十年以上前のことだけど……」

初江はテーブルの席に腰をおろすと、懐かしそうに話しはじめた。

「あたしは小学生の頃、両親と弟と四人で、根津《ねづ》の木造アパートに住んでいてね。アパートって言っても、風呂なしの、長屋みたいなぼろアパートだったんだけど、隣の部屋に住んでる男が、酔っぱらって、耳やら尻尾やらだしてるところを見たことがあったんだよ」

「へー」

「大人は誰も信じてくれなかったけど、やっぱりあれは本物の化けギツネだったんだねぇ。色も形も、瞬太の尻尾とうりふたつだったよ」

半世紀ぶりに自分が正しかったと確信できて、初江はしごくご満悦である。

「おれ以外にも化けギツネっているのかー。その人、どんな人だった？　年は何歳くらい？　家族は？」

瞬太は立て続けに質問した。同族の話を聞くのは初めてなので、興味津々である。

「子供の目からは中年男に見えたけど、今にしてみれば、三十前後だったのかもしれないね。一人暮らしで、家族はいないようだったよ」

「外見は⁉　おれに似てた⁉」

「たしか背は高かったような気がするけど、顔までは覚えてないね。何せ、五十年以上まえのことだから」

「そうか」

「覚えていることといえば、酒が好きだったってことくらいかしら。よく銭湯のあとで一杯ひっかけては、鼻歌をうたいながら帰ってきてたよ」

「それで、その化けギツネの男は今どこにいるのかわかる？」

初江は残念そうに頭を左右にふった。

「あたしに正体を見られてから一週間ばかりで夜逃げしちゃったから、行方はさっぱりわからないんだよ」

「そんなぁ」

瞬太はがっくりとうなだれる。

「化けギツネの名前は覚えておられますか？」

「篠田《しのだ》って名乗ってたね。本名かどうかはあやしいけど」

「たしかにキツネの篠田さんなんて、偽名くさいですね。私も陰陽師の安倍ですから、人の名前のことはとやかく言えませんが」

祥明は苦笑した。かの安倍晴明《せいめい》の母親が信太森《しのだのもり》の白狐だという有名な伝説があるのだという。

「その木造アパートって今でもあるの？」

「あるわけないだろう。とっくに鉄筋のマンションになっちゃってるよ。あたしの両親はもちろん、大家さんも、他の住人たちもみんなあの世へいっちゃってるし。あ、でもあの学生さんだけはまだ生きてるかもしれない。あの頃二十歳《はたち》そこそこだったから、まだ七十代半ばくらいだろうし」

「その学生さんの名前は⁉」

「なら？　なりた？　……うーん、忘れちゃったねぇ。いつも学生さんってよんでたし」

「えー」

瞬太はすがるような目で初江を見た。

名前がわからないのでは捜しようがないではないか。

「覚えていることといえば、ひどくやせこけていたってことと、いつもフランス語の本をかかえてたってことくらいかしら」

「それだけ？」

「学生さんと篠田さんはわりと仲が良かったね。よく部屋で一緒に飲んでるみたいだったよ」

「ええっ、それで!?」

「それくらいしか覚えてないねぇ」

「うう……」

初江の言葉に一喜一憂させられて、瞬太はへろへろである。

「初江さん、貴重なお話をありがとうございました。もし何か思い出したことがあれば、ぜひお知らせくださいね」

祥明にぎゅっと手を握られ、熱心に頼みこまれて、初江はびっくりしながらもうなずいた。

六

金曜日は朝から雨だった。しとしとと降る雨が、庭のゆりを静かに濡らしている。

こんな日には特に、学校になんか行かず、布団でゆっくり寝ていたいなぁ、と、瞬太が玄関で灰色の空を見上げていると、ちょうど夜勤から帰ってきたみどりとはちあわせた。

ジロが犬小屋からとびだしてきて、みどりにかけよる。散歩の催促だ。

「ああ、母さん、おかえり」

「瞬ちゃん、いいところに！」

「へ？」

みどりは夜勤あけなのに、妙に元気である。しかも、ちょっと興奮気味だ。

「昨夜また怪事件があったの。今度はあたしじゃなくて、ドクターが、カタカタ、カタカタ、って音がストックルームから聞こえてきたって言うのよ！　昨夜は地震なんかなかったし、今回もラップ音かしら⁉」

「ストックルームには誰もいなかったの？」

「そうなのよ。人間も、ねずみも、ゴキブリもいなかったんですって。まあ、ゴキブリがカタカタなんて音をたてるはずないんだけど」

「じゃあ……」

気のせいなんじゃないのかなぁ、と、いう言葉が喉まででかかるが、ぐっと飲みこむ。

「じゃあ、また、ラップ音かもしれないね。きっと祥明のお札がきかなかったんだよ。あいつエセ陰陽師だから」

「病院かわった方がいいんじゃ……」

吾郎が台所から顔をのぞかせ、暗い顔でぼそっとつぶやく。

「幽霊が怖くてナースがつとまるものですか。うーん、でも、若いナースたちが動揺してるから、陰陽屋さんにちゃんとしたお祓いをお願いした方がいいかしらねぇ」

「えー、祥明のお祓いなんか気休めだよ？」

祥明は、一応、祭文《さいもん》を唱えられはするものの、霊能力の方はからきしなのである。

「気休めが大事ってことがあるのよ。みんな安心するでしょ？」

「そういうものなのかな？」

「そうよ」

みどりはきっぱりとうなずいた。

「それに、陰陽屋さんが来ると、みんなも喜ぶし」

「ああ……」

どうも、お祓いは、職場慰安のためのイベント企画も兼ねているようである。

八時半ぎりぎりに学校に着いて、教室にすべりこむと、たまたま三井と目があった。

「おはよう」

三井はかわいい笑顔で言った。今日もシャンプーのいい匂いがする。

「お、おはよう」

瞬太も、ちょっとぎこちない笑顔で答える。

「あの……」

何か三井が言いかけたところで、八時半を知らせるチャイムがなった。チャイムの音が終わらぬうちに、几帳面な只野《ただの》先生が教室にはいってくる。

仕方がないので、瞬太も三井もそれぞれ、自分の席についた。

只野の「おはようございます」を聞きながら、三井は何を言おうとしたのだろう、と、瞬太はぼんやり考えた。

やっぱり目とか耳とか、自分の正体のこととかだろうか。

どうせごまかしきれないんだったら、自分の方から言いだした方が潔《いさぎよ》い気もするのだが、何だかやっぱり三井に嫌われるのが怖くて、ぐずぐず先延ばしにしてしまっている。

せめて自分が化けギツネではなく化け猫だったら、「かわいい」と三井にあごの下をなでてもらえたかもしれないのに。

どうして昔から動物アニメでは、狐が不動の悪役キャラなのだろう。良くも悪くも、賢そうに見えるんだろうな。たしかに井《い》の頭《がしら》公園の狐は、自分よりもはるかに賢そうな顔をしていた。

ああ、また、思考が脇道にずれてしまった。

話した方がいいのか、やめた方がいいのか、ちゃんと考えないといけないのだが、もともと考え事が苦手な上に、雨である。

雨の日は、いつにもまして眠いんだよなぁ。

遠くで、「沢崎君!」と先生が怒っている声が聞こえる……。


うとうとしているうちに三時半になり、瞬太はねぼけ顔で陰陽屋へむかった。

雨のせいか、今日も陰陽屋では閑古鳥がないている。

病院で再び怪奇現象がおこったらしい、と、瞬太が告げると、祥明は眉を片方つりあげた。

「パリッパリッじゃなくて、ガタガタいってたんだって。いや、カタカタだったかな? 昨夜は地震なんてなかったし、何なんだろうな」

「キツネ君は心霊現象じゃないと確信しているのか?」

「あのストックルームには幽霊の気配なんて全然なかったからな。ラップ音ってことにしといた方が母さんは嬉しそうだから、このまえは調子をあわせたけど。祥明だって本気で心霊現象だって思ってるわけじゃないだろう?」

「ラップ音だと思っていたが、よくよく調べたら真相はただの家鳴《やな》りだった、なんてつまらないオチはよく聞くからな。本気で原因を突き止める気なら、やはり、実際に物音がしている時に調査してみないとだめだろう。ただし」

「ただし？」

「化けギツネがいる以上、ラップ音が発生しても不思議じゃない」

祥明は大真面目である。

「……まあね」

一緒にされるのは何だかな、と、瞬太は思ったが、たしかに、心霊現象なんてありえないとは言いきれない。

「そして、病院といえば、トンネルや廃屋とならぶ心霊の定番スポットだからな」

祥明は銀の扇をひらいて、顔の前にひろげた。

「しかもあの病院の建物、ボロボロとは言わないが、かなり年季が入った感じだったし。万、万が一の時は、キツネ君、なんとかしろよ」

「うっ……。おまえは見ているだけか？」

「そんなわけないだろう」

「祭文《さいもん》くらい唱えるのか？」

「迷わず逃げる」

「……そうか」

こいつはそういうやつだよな。

一瞬でも期待しちゃうなんて、おれって本当に馬鹿だなぁ……。

土曜日。

いわゆる梅雨の中休みで、よく晴れた蒸し暑い昼下がり。

初江が流れる汗をハンカチで押さえながら、古い写真を陰陽屋に持ってきた。わざわざ谷中の家まで探しに行ってくれたらしい。

「これはあたしが十歳の時の写真なんだけどね」

そう言って初江が見せたセピア色の白黒写真は、どうやら夏祭りの時にとったもののようだった。どこかの神社の境内で、浴衣《ゆかた》姿の男女が二十人ほどうつっている。

「この真ん中の、目のくりっとした女の子が初江さんですか？」

いかにも気の強そうな、おかっぱ頭の女の子を祥明は指さす。

「当たりだよ」

「へぇ、ばあちゃんにも、こんな子供の頃があったんだなぁ」

あたりまえのことだが、なんだか不思議な気がする。

「あたしだって、生まれた時からおばあちゃんだったわけじゃないからね。まあ、あたしのことはどうでもいいから。この写真、後ろの方に小さく、例の、同じアパートに住んでた学生さんがうつってるんだよ」

初江が指さしたのは、白い開襟シャツに黒いズボン、昔風のごっつい黒縁眼鏡《めがね》をかけた、やせこけた男だった。

「この人が学生さんか。それで、篠田さんの写真はないの？」

「あいにく一枚もなかったよ。おまえだって、隣の家の人と写真をとったりはしないだろう？」

「それは、たしかに、そうだね……」

そう言われてみれば、お隣さんとは、会えば挨拶をするし、普通に近所づきあいはしているが、一緒に写真をとったことはない気がする。

がっかりする瞬太をしりめに、驚きの声をあげたのは祥明だった。

「……この、やせこけた学生……たぶん、祖父だ……」

「えーっ!?」

「学生の名前は、安倍柊一郎《しゅういちろう》じゃありませんでしたか？」

「そんな名前だったかしら。うーん……？」

初江は確信が持てない様子である。

「祥明のじいちゃん、フランス語の勉強してたのか？」

「いや、そんな話は聞いたことがない。研究の専門分野は民俗学と宗教学だし。でも、妙に博学な人だから、フランス語ができても不思議はないが……」

祥明はあごに銀の扇をあてて、首をかしげた。

「祥明のじいちゃんって、まだ生きてるんだよね!?　じいちゃんも国立《くにたち》の家に住んでるの!?　今から会いに行こうよ！」

「店があるからだめだ」

「じゃあ明日は⁉　日曜は定休日だし、いいよな？」

「明日はみどりさんの病院に、ラップ音の調査に行くからだめだ」

「あれは夜だろう？　昼間行けばいいじゃないか」

「いろいろ準備があるんだよ」

祥明は銀の扇を顔の前でひろげる。

「あやしい……」

「何のことかな」

祥明は扇で顔をあおぎながら、わざとらしくそらとぼけた。

「…………」

「祥明、もしかして、家に帰るのが嫌なのか？」

「ひょっとして、あのお母さんがいるから……？」

祥明の口の端が、ピクリとひきつる。

「悪いか」

開き直ったように言う。

「じゃあさ、じいちゃんに一人で王子まで来てもらえばいいんじゃない？　こっそり携帯で連絡して」

「祖父は携帯電話が嫌いで持ってないんだ。以前一度だけ試したことがあったんだが、読書中や執筆中、はては旅先にまで邪魔が入るのがうんざりだと言って、あっという間に解約してしまった」

「えっ。じゃあ、固定電話は？」

「うちあてに電話や手紙や電報で連絡すると、確実に母にばれる」

「すごいな」

「すごいんだ……」

祥明はしみじみと言った。


その夜、瞬太はメモした紙を見ながら、携帯電話に番号をうちこんだ。何度目かのよびだし音のあと、聞きおぼえのある声がでる。

「槇原《まきはら》です」

「あっ、槇原さん？　おれ、陰陽屋でアルバイトをしている沢崎だけど」

「瞬太君か。うちの番号は祥明に聞いたの？」

「ううん、国立《くにたち》市で柔道の道場ってひとつしかなかったから」

晩ご飯の時、瞬太と初江から陰陽屋でのやりとりを聞いた吾郎が、国立市の安倍さんを番号案内で調べてもらえばいい、と、教えてくれたのだ。

残念ながら安倍という家は予想外に多く、どれが祥明の実家なのかわからなかったのだが、隣の槇原家では柔道教室を開いているというのを思い出し、教えてもらったのである。

「あー、なるほどな。ってことは、祥明に内緒の用件か？」

「ええと、実は、ちょっと祥明のおじいちゃんにききたいことがあって。でも祥明は、家に連絡するのは絶対に嫌だって言うんだよ」

「ああ、あいつなら言いそうなことだな。要はあのお母さんにばれないように、直接おじいさんに伝言をすればいいんだろう？　今すぐにってわけにはいかないけど、何とかしてみるよ。二、三日待ってくれる？」

槙原はもちまえの面倒見の良さを発揮して、あっさり引き受けてくれた。連絡がとりやすいように、と、自分の携帯電話の番号と、メールアドレスまで教えてくれる。

細川季実子《ほそかわきみこ》を押しつけられそうになってからまだ二ヶ月たらずなのに、本当に祥明の幼なじみとは思えないほどのいい人だな、と、瞬太は感心した。

七

日曜日は昼すぎから雨が降りはじめ、夕方にはひどい大雨になった。

陰陽屋は地下なので、雨音がうるさいくらいに響く。

祥明と瞬太は店で待ち合わせて、大粒の雨がざぶざぶ降りしきる中、一緒に病院へむかった。

病院に着いたのは、夜七時頃である。まずはみどりと三人でストックルームの中を確認してみた。特にかわった様子はない。

「どうしよう？　ストックルームの中ではりこんだ方がいいかな？」

瞬太の問いに、祥明は軽く首をかしげた。

「幽霊というのは、化けギツネがいても気にせずあらわれるものなのか？」

「うーん、どうだろうな。わからない」

「念のため、外で見張った方がいいかもしれないな」

「でも、外ってどこにする？　おれたちがずっとストックルームの前にはりこんでたら、患者さんたちが変に思うよね？」

そうね、と、みどりは同意する。

「ただでさえみんな薄気味悪がってるのに、これ以上不安をあおるのはよくないかもしれないわ」

「なるほど」

相談の結果、二人は廊下のつきあたりにある休憩コーナーに陣どることになった。ストックルームからは十メートル近く離れているが、瞬太の聴覚なら、何か物音がした時に聞き取れるはずだ。

「じゃあ母さんは仕事にもどるけど、何かあったらすぐによんでね」

みどりは名残惜しそうにナースステーションへもどっていった。

「さて、今日はパリッパリッなのか、ガタガタなのか、それともまた違う音なのか」

自動販売機で買った缶コーヒーを飲みながら、祥明は楽しそうに言う。

しかし、一時間がすぎ、二時間がすぎても、ストックルームからは何も聞こえてこない。

時おり看護師たちが来ては、「沢崎さんの息子さんなんだ。高校生？」などと言いながら、ちらちらと横目で祥明を見物していくくらいである。

「あー、腹がへったと思ったら、もうすぐ十時か。コンビニで弁当でも買ってこようかな。……あれ？」

瞬太が弱音をはいた時、異変はおこった。ストックルームの中から、カタカタ、カタカタ、という物音が聞こえはじめたのだ。

幽霊の聴覚がどの程度のものなのか見当もつかないが、瞬太はストックルームや自分の耳を指さすジェスチャーで祥明に知らせ、そろりそろりと足音をしのばせて近づいた。

ドア前で耳をすませ、じっと中の気配をうかがう。

何かいるのは間違いない。ひそやかな息づかいが聞こえる。幽霊ではない。

しばらくすると、カタカタという音がやみ、パリッ、パリッという音にかわった。時おり、カサコソという音もまじる。なき声はないが、やはりねずみだろうか。

祥明を見ると、右手の親指でゴーサインがでた。

やってみるか。

瞬太はそっとドアノブに手をかけた。

意を決すると、パッとドアをあけ、ストックルームにとびこむ。

両目を見開き、部屋中を見わたす。だが、何もいない。

瞬太の目は、暗がりでもある程度の視界がきく。たとえねずみやゴキブリ程度の大きさでも、いればわかるはずなのだが、何も見いだせなかった。

「いない……」

瞬太は小さくつぶやく。

「何もいないのか？」

ストックルームのドア前に立つ祥明が尋ねた。

「うん」

祥明にも室内が見えるよう、瞬太は照明のスイッチを押す。

「な、いないだろう？　さっきまでたしかに何かがいる気配がしていたのに、どうして……？」

「ねずみくらいなら棚の裏にだって隠れられるぞ。鼻と耳も使ってよく探すんだ」

ねずみを逃がさないように、と、祥明はドアを閉めた。

「ここにもいない……」

瞬太はあちこち見てまわりながら、鼻と耳をピクピク動かす。

「あ、この匂い」

「ん？」

「ポテチだ。それもガーリック味」

「どこから匂っているか特定できるか？」

「えーと……」

カーペットの上に、かけらともよべないほどの、ごく小さなポテトチップスのかすを瞬太は見つけた。

「きっとねずみがここで食べたんだ。だからパリッという音がしたんだな」

「だが肝心のねずみがいないな。隠れていないとすると、どこから逃げたんだ？」

祥明も棚の裏を確認しながら、首をかしげる。

「あ、祥明、あそこ」

瞬太は天井を指さした。白いパネルの天井で、空調の吹き出し口の脇に、四十五センチ四方くらいの銀色の枠が切ってある。枠の内側も天井と同じ白い素材のふたになっていて、ちょうど床下収納の扉が天井についているような感じだ。

「あのふたが、さっき見た時はきっちり閉まってたのに、今はちょっぴり枠からずれてる」

「空調の点検口か」

二人で上をむいて、天井をしげしげとながめる。

「ずれているといっても五ミリ程度だな。ねずみは通れないだろう。ゴキブリか？　いや、かなり小さな仔ねずみなら通れるかもしれないが」

今日は銀の扇がないので、長い指で直接あごをつまむ。

「あのふたのむこう側はどうなってるわけ？　いきなり六階にでたりしないよね？　天井裏になってるの？」

「おそらくそうだろうな」

「ちょっとおれ、見てみる」

瞬太は、吹き出し口に一番近い棚に右手をかけると、キツネジャンプで棚の上にとびのった。

ふたを押し上げると、ぽっかりと暗い穴があく。ちょうど頭が入るくらいの大きさだ。枠に左手の指をかけて、おそるおそるのぞいてみた。

高さはあまりない。五十センチくらいの狭い隙間に、たくさんの太いワイヤーがさがっていて、空調の室内機や、銀色のダクト、照明器具、はては、天井のパネルまでが吊りさげられている。

「どうだ、何かいるか？」

「うーん、ここからじゃ何も見えないな」

瞬太は思い切って、天井裏に上がってみた。

半畳ほどの大きさのパネルをつなぎあわせた天井は、瞬太がのるとミシリと音をたてた。素材は石膏か何かだろうか。厚みも一センチあるなしだし、どうも、あまり強度はなさそうである。

瞬太は、じっと目をこらし、耳をすませる。だが、ねずみ一匹見つけられない。

り、何もいないようだ。

「えいっ」

念のため、右手で狐火をだして、懐中電灯のかわりに天井裏を照らしだした。だがやはり、何もいないようだ。


「キツネ君、ついでだからそのへんを見てまわれないか？」

床下ならぬ天井下で待っている祥明が、気軽に難題をふっかけてくる。

「うーん、この天井、すごく薄くて軽いし、下手に動きまわると簡単に落っこちそうなんだけど」

瞬太は試しに天井を吊っているワイヤーを一本ひっぱってみた。案の定、瞬太の力でも簡単に持ち上がる。

「そっと動けば大丈夫さ」

「本当か？」

「もし落ちたとしても、この高さだし、身軽なおまえならどうってことないだろう。だが、もしかしたら、まだそのへんに犯人がひそんでいるかもしれないから、慎重にな」

「うへ」

瞬太はしばらく天井裏をうろついてみたが、ずっと這いまわる体勢なので、てのひらと膝が痛くなってきた。何より、天井が抜けそうで怖い。祥明の言う通り、天井に穴をあけても瞬太なら怪我ひとつしないだろうが、母を怒らせたり困らせたりするような事態は避けたい。

結局、ろくな収穫も得られぬまま、祥明の待つストックルームにもどるしかなかった。

「誰かいたか？」

「ううん、誰もいない。けど、ポテチの匂いが残ってたから、天井裏を通って逃げたのに間違いはないと思う」

「ポテトチップスか……」

祥明は、ふむ、と、考えこむ。

「考えるほどのことでもないだろ。おれにはもうわかったぜ」

瞬太が自信満々で胸をはると、祥明は眉を片方つり上げた。

「ほう、君の推理を聞かせてもらおうか」

「おれたちはドアをずっと見張っていたけど、誰も出入りしなかった。しかも、ここの窓はあけられない。つまり、犯人は天井裏からストックルームへ侵入したんだ」

「それはそうだろうな」

祥明も同意する。

「今おれがやったように、あのふたをあけたり、棚づたいに床におりたりしていた時に、カタカタっていう音をたてた」

「それも問題ない」

「食べかすがカーペットに落ちていたってことは、犯人は床へおり、ポテチを食べていたんだ。その時パリッパリッという音をたてた。そこへおれがドアをあけて飛びこんできたので、一瞬にして天井裏へ撤収し、点検口をふさいだ。で、天井裏から逃げた」

「問題はそこだ」

「何が問題なんだ？」

「よく考えろ。この部屋には、はしごもなければ踏み台もないんだぞ。どうやって天井裏まで一瞬でとびあがれるんだ」

「あ」

瞬太は口が半開きの間抜け面《づら》になった。どう見ても床から天井まで、三メートルはある。自分ならキツネジャンプで軽く届く距離だが、普通の人間だと、バスケットボールの選手でもない限りは無理かもしれない。

「えーと……ＮＢＡの選手なら……」

「そうだな。身長が一九〇くらいあるＮＢＡやＶリーグの選手なら、天井までひとっとびできるかもしれない」

「そうそう、バレーボールもありだよな」

「で、そんな大男や大女が天井裏をごそごそ這いまわって、おまえでさえおっかなびっくりだった天井パネルがよく壊れなかったものだな。そもその前に、あの狭い点検口は大人じゃ通れないだろう」

瞬太は高校一年生だが、身長も肩幅も標準より二回りは小さいのである。

「う……じゃあさ、すごく身軽でジャンプ力のある、忍者とか……怪盗とか……」

「おまえは漫画の読みすぎだ」

祥明にあっさり一蹴されてしまう。

「そうだ、ひとっとびじゃなくて、踏み台を持ち歩いてたっていうのはどう？　それならジャンプ力がない人でも、さっと天井裏に飛びこめるよ」

「で、自分が天井裏に上がったあと、どうやって踏み台を回収したんだ？」

「うう……」

瞬太の推理は早くも壁にぶちあたってしまった。

「やっぱりゴキブリだったのかな……。天井裏に三匹いたし」

「それを早く言え」

「母さんが嫌がると思って」

「ふむ」

店主とアルバイト店員は合議の上、やはりこのストックルームは霊の通り道になっているようだ、ついては天井にある空調点検口のふたをきっちりロックし、霊符を貼って封印してしまう必要がある、と、みどりに報告したのであった。


翌日の夜。

沢崎家の食卓では、早速、昨夜の調査が話題になっていた。

「祥明さんによると、結局、あのストックルームには霊道が通ってるっていうことで間違いなかったんですって。母さんが聞いたのはやっぱりラップ音だったのね」

旺盛な食欲を発揮しながら、楽しそうにみどりが言う。今日の夕食は豚しゃぶである。

「病院の中を夜な夜な幽霊が通り抜けてるってこと？　怖いなぁ」

吾郎は「くわばらくわばら」と唱えて首をすくめた。

「お父さんみたいなことを言う人が何人かいたから、陰陽屋さんにお祓いをお願いしたらどうかって、今、院長先生におうかがいをたててるところよ。別に何の悪さをするわけじゃなし、放っておいても平気なんだけど」

みどりは、もうラップ音が聞けなくなるなんて残念だ、と、言わんばかりである。

「本当にねずみじゃなかったのかい？」

初江に問われて、瞬太は、違う、と、首をふった。

「少なくとも五階にねずみはいなかったよ。隅々まで見てまわったからまちがいない」

「ふうん」

初江の顔に「全然信用ならない」と書いてある。

「な、何だよ」

「お母さんを喜ばせようとして、嘘をついてるんじゃないだろうね？」

「本当にねずみはいなかったってば」

瞬太は下をむき、ご飯を口へかきこみながら答えた。疑いに満ちた初江の視線を正面から受け止めてしらをきる自信がなかったのだ。

「それならいいけど」

口ではそう言いながらも、初江は不満そうである。

「そんなに疑うんだったら、ばあちゃんが自分で確認してきたらいいじゃないか」

「あたしは行っても見えないからね。吾郎と違って」

初江の言葉に、みどりと瞬太は驚愕した。

「父さん、幽霊が見えるの⁉」

吾郎は苦々しい表情になる。

「幽霊は見たことないよ。人魂《ひとだま》ならあるけど……」

「えええええっ⁉」

「子供の頃、おしおきで、霊園の墓石にしばりつけられたことがあったんだ。三時間くらいだったかなぁ……。あれ、今だったら虐待で通報されてるところだよ」

吾郎はうらみがましそうな顔で初江を見る。

「あれはおまえが悪いんだろ。いつも母さんの言いつけをやぶって、晩ご飯までに家に帰ってこないから」

「父さん、それで、心霊恐怖症になったんだ……」

「大変だったのね……」

みどりと瞬太はしみじみと吾郎に同情した。しかし、みどりは小声で、ちょっとうらやましいけど、と、つけ加えるのを忘れなかったのであった。

朝から夕方にかけて一日中眠気におそわれている瞬太だが、昼食のあとの五時間目ほど眠いものはない。窓の外から聞こえてくる静かな雨音は、最高の子守歌である。

瞬太が教室でうとうとしていると、携帯電話に槙原からメールが届いた。

『昨日、祥明のおじいさんの尾行に成功。安倍家から離れた場所で、瞬太君が会いたがってるって伝えておいたよ。

おじいさんも「一度ヨシアキの店を見てみたいと思っていたところだし、そういうことだったら僕が王子へ行きましょう」と快諾してくれたんだけど、いつがいいかな？』

一瞬にして眠気がふきとんだ。

瞬太にしては大急ぎで、『あとでショウメイと相談してみる。ありがとう』と返信をうつ。ショウメイがカタカナなのは、うまく変換できなかったせいである。

祥明のおじいさんってどんな人だろう。

本当に、篠田さんは化けギツネだったんだろうか。

しゃっきりした顔で黒板の方をむいていたら、只野に、「やっと起きて授業を聞いていられるようになったんですね。今日の授業は面白いですか⁉」と、ひどく感激されてしまい、ちょっと後ろめたい気持ちになった……。

八

六月最後の日曜日。

濃い青空に真っ白な積乱雲がうかぶ暑い午後、定休日の札をおろした陰陽屋に、祥明の祖父が訪ねてきた。

「ほほう、ここがヨシアキの店か。なるほどなるほど」

安倍柊一郎は、物珍しそうに店内を歩きまわった。真っ白な髪に真っ白な口髭の上品な老人で、初江の写真の頃と同じく、やたら、やせている。ステッキを使っているが、動作も風貌もひょうひょうとしており、年齢不詳といった印象である。

「お母さんには気づかれていないでしょうね」

白いスーツ姿の祥明は、挨拶もそこそこに確認する。母親の動向が気になって仕方ないらしい。

「大丈夫だろう。秀行《ひでゆき》君との打ち合わせは、全部口頭でおこなったからね」

現在安倍家では、優貴子《ゆきこ》に対して、「みんなも我慢するから、おまえもヨシアキに会いに行くのは我慢しなさい」と言いきかせている。もし柊一郎が今日、陰陽屋へ行くことを知ったら、「じゃあママも」とごねること間違いなしなので、柊一郎は万全を期して、家族の誰にも告げずに家を出てきたのだという。

「それに今日は、念のため、秀行君が優貴子を足止めしてくれると言っていたから安心しなさい」

「秀行なんかあてにして大丈夫でしょうか」

祥明はかなり神経質になっているようだ。

「お、君が沢崎瞬太君だね」

柊一郎は気さくに話しかけてきた。

「こんにちは、じいちゃん」

「秀行君から話は聞いているよ。いつもは狐の耳と尻尾をつけて、ヨシアキの店を手伝ってくれているそうだね」

瞬太がキツネの格好をしていないのがちょっと残念そうである。

「こちらは瞬太君のおばあさまです」

祥明が初江を紹介した。初江は、柊一郎が例の学生と同一人物かどうか、直接確認するために来たのである。

「いつも孫がこちらでお世話になっております」

「これはわざわざご丁寧に」

柊一郎は帽子をとって、ひょいと頭をさげる。

初江は、五秒ほど柊一郎の顔を見つめたあと、大きくうなずいた。

「間違いない、この人だね」

「本当か、ばあちゃん⁉」

何のことだかわからず、柊一郎は戸惑い顔である。

「お久しぶりです、学生さん。かれこれ五十年ばかり前に同じ根津のアパートに住んでいた福田《ふくだ》初江です。今は学者さんになったんだそうですね」

「えっ、福田さんちの初江ちゃん⁉　何十年ぶりかなぁ。ということは、瞬太君は初江さんのお孫さん？」

「うん」

瞬太がうなずくと、ほう、と、柊一郎は声をあげた。

「いや、これは、奇遇だねぇ」

しきりに驚き、面白がる柊一郎をテーブル席に案内すると、瞬太は冷たい麦茶をはこんでだした。

「それで、初江ばあちゃんたちの隣の部屋に住んでた篠田さんって覚えてる？　ばあちゃんが言うには、化けギツネだったらしいんだけど」

お盆を胸にかかえたまま、ドキドキしながら柊一郎の答えを待つ。柊一郎は麦茶を一口ふくむと、一瞬、遠くを見るような目をして、静かに微笑《ほほえ》んだ。

「妖狐《ようこ》の篠田か。なつかしいねぇ。もちろん覚えているよ。酒と油揚げと昼寝が大好きな男で、よく一緒に飲み明かしたものだった」

「やっぱり妖狐だったんですか⁉」

祥明がぐっと身をのりだす。

「うん、彼は間違いなく妖狐だったよ。酔っぱらってはしょっちゅう耳と尻尾をだしていたからね」

「じいちゃんも見たんだ」

柊一郎は笑ってうなずいた。

「ほらごらん、ばあちゃんの言った通りだろう」

初江も満足そうである。

「最初は僕が酔っぱらっているせいで、幻覚が見えているんだと思っていたんだ。だって、狐が人間に化けるなんて、昔話ならいざしらず、昭和の東京でおこるわけないじゃないか」

「まあそう思うでしょうね」

祥明は苦笑した。

「でも、たいして僕が酔っぱらってない日でも、篠田が耳や尻尾をだすのが見えてしまってねぇ。さては自分は勉強のしすぎで疲れてるんだな、とか、栄養失調で目にきてるんだな、とか、そうだ、眼鏡が悪いに違いない、なんて、いろいろ理由をつけて、とにかく篠田はキツネじゃないって思いこもうとしたんだよ」

「随分抵抗したんですね」

「うん。何だかんだで、三ヶ月は自分を疑い続けたよ。だんだん篠田と飲むのが怖くなって、なるべく避けるようにしてみたり。ところが、彼はこっちの都合なんておかまいなしに、酒びん片手に僕の部屋に押しかけてくるんだよ。あれにはまいったね」

「よほど気に入られてたんですね」

「自慢じゃないけど、酒には強かったからね」

ふふふ、と、柊一郎は楽しそうに笑う。

「でも、ある夜、酔っぱらった篠田がごろんと横になった時、ふかふかの尻尾が僕の膝にのったんだ」

柊一郎は焦《あせ》った。

幻覚であるはずの尻尾が、温かくて、ふわふわで、しかも、それなりに重みがあったからだ。

なんとリアルな幻覚なのだろう。

しかも尻尾がぱたんぱたん動くたびに、かすかに風がおこる。

篠田は気持ちよさそうに寝息をたてていて、柊一郎の動揺にはまったく気づいていない。

柊一郎は、そーっと右手を尻尾に近づけた。何度か右手を開いたり、閉じたり、さんざんためらったが、あと三センチというところで毛皮をさわってみる勇気がおきない。

その時、篠田が寝返りをうった。

体勢をかえたはずみで、尻尾が柊一郎の右手をかすめたのだ。

「犬よりちょっと固くて、ごわごわしていて、でも、温かい尻尾だった」

妖狐の存在を現実だと受け入れてからの柊一郎は、がぜん、生来の探求心を発揮して、積極的に篠田を観察するようになったのだという。

「それで、篠田さんとは今でも友だちなの？」

瞬太はドキドキしながら尋ねた。

「いや、残念ながら、ある日、突然、夜逃げ同然にいなくなってしまって、その後の行方はようとして知れず、だよ」

柊一郎は嘆息をもらす。

「そうなんだ……」

「あたしに見つかったせいで夜逃げしちゃったんだよね」

悪いことをしちゃったかしら、と、今さらながら初江はばつが悪そうである。

「初江ちゃんのせいじゃないんだよ」

初江が大人たちに、「篠田さんは化けギツネだ」と言ってまわっても、最初は誰一人とりあおうとしなかった。ところがある日、一階の住人が醤油を買いにでかけてもどったら、台所に置いてあった油揚げが消えていた、という事件が発生したのである。

「もしかして、本当に篠田が化けギツネで、油揚げをとって食べたんじゃないか、なんて、あらぬ噂をたてられてしまったんだよ。きっと野良猫の仕業だって篠田は怒ってたんだけど、証明のしようがないだろう？　それで彼は傷心のあまり、あのアパートからいなくなってしまったんだね」

「そんなことが……」

「よりによって油揚げですか」

瞬太は心底、篠田のことを気の毒に思ったが、祥明は失笑ぎみである。

「妖狐の寿命は、人間と同じくらいなんでしょうか？　だとしたら、まだ篠田さんは生きている可能性もありますよね？」

祥明の問いに、柊一郎は、どうかな、と、あいまいな答えを返した。

「あの頃三十くらいに見えたけど、本当のところは何歳だったのかねぇ。篠田が酔っぱらった時に聞きだした話によると、妖狐の寿命は個体差が大きくて、何百年も生きる者もいる、ということだったから、彼がどこかで生きていても不思議はないけどね」

「何百年⁉」

「人間だって、短い生涯をかけぬけていく子もいれば、百を越える者もいる。似たようなものだよ」

「はあ……」

同じようなものなのか？　うーん、よくわからない、と、瞬太は首をひねる。

「他にも妖狐って大勢いるんですか？」

「東京には十人以上の妖狐が住んでいる、と、言っていたね。ただし、妖狐間での交流はほとんどないそうだ。妖狐というのは団体生活を好まない生き物らしい。篠田もそうだったけど、けっこう人なつっこいというか、人間社会に溶けこんで暮らしているから、キツネ同士で助け合う必要があまりないんだろうね」

「たしかに、人なつっこいですよね」

祥明は今にもふきだしたいのを我慢している、といった表情だ。

「しかもほれっぽくて、すぐ人間に恋してしまうんだよ。篠田も、妖狐であることをかくして人間と結婚したことがあったが、結婚後ばれてしまい、家からたたきだされたなんて言ってたね」

「たたきだされたんだ……」

瞬太はすーっと身体中から血の気がひいていくのを感じた。

「ああ、異種族結婚話の典型的パターンですか。子供が生まれたらキツネの仔だったので、親の正体がばれた、なんて、よくありますよね」

「子供のせいで⁉」

祥明に追い討ちをかけられ、瞬太は目の前が真っ暗になった。

自分の生みの親も、正体を隠すために仔ギツネであった自分を捨ててしまったのだろうか……。

「いやいや、本人は、自分が妖狐だから女房に追いだされたんだと言い張ってたけど、あの酒癖の悪さとほれっぽさに愛想をつかされたんじゃないかと僕はにらんでるね。とにかく、いい匂いの女がいると、すぐふらふらついていっちゃうんだから」

「いい匂い……」

瞬太はギクギクッとする。

「沢崎君も、いい匂いの女の子が好きなのかな？」

「え、う、だって……」

瞬太はどぎまぎした。

「みんな、普通、そうじゃないの？」

赤い顔で、ぼそぼそと答える。

「好きな人がいるんだね」

断定的に言われ、いろいろ見透かされているようで、ドキッとした。「妖狐はほれっぽい」というさっきの言葉が、頭の中をぐるぐるかけまわっている。

「そ、そんなの、じいちゃんには関係ないだろ」

平然と受け流したかったのに、声が少しばかり上ずってしまった。

「君のつり目は、篠田によく似ているな。でも篠田の目の色は、もうちょっと濃い色だった。そうだな、夏の陽射しをきらきら反射したビール瓶のような色だったよ」

「へえ……」

心の中ではドキリとしたが、精一杯、平静を装う。

「答えたくなければ、答えないでもいいんだが」

柊一郎はひと呼吸おいた。

「君も妖狐なんだね？」

九

瞬太は返答に困って、祥明の顔を見上げた。

祥明は黙って肩をすくめる。話すのも、話さないのも、瞬太の好きにしろということらしい。

正体を他人に話すことは、母からかたく禁じられている。だが、ここまでばれているのに、否定しても仕方ない気がする。それに、この人にになら、正体を明かしても、母も許してくれるのではないだろうか。

「……まあな」

瞬太はゆっくりと変身した。耳が三角になり、目が光る。

キツネ姿の瞬太を見て、柊一郎は目を細めた。

「なつかしいな、ふかふかの尻尾。寒い時は、よく襟巻きにさせてもらったものだよ」

「へ」

「あれから、もう、五十年以上がたって、何もかもが夢だったんじゃないかと思うこともあったんだが……夢じゃなかったんだねぇ」

柊一郎は感慨深げにつぶやく。

「篠田と会わなければ僕の人生はずいぶん違うものになっていただろうね。そもそも民俗学に傾倒したのも篠田がきっかけだったし」

「学生さん、昔はフランス語の本を持ち歩いてましたよね？」

　初江の質問に、柊一郎はうなずく。

「そうそう、大学ではフランス文学を専攻してたんだよ。フランス留学の話もほとんど決まってたんだ。でも篠田が僕の前から姿を消したあと、どうにも狐や妖怪のことが気になってしまい、フランスじゃなくて京都に行ってしまったのさ」

「でも結局、学者は学者なんだし、どっちの道に進んでも、あんまり変わらないんじゃないの？」

　瞬太の意見に、柊一郎はにやりと笑った。

「いやいや、そうとは言いきれないんだ。実はその後、京都で出会った女性と結婚したのだが、これが大変気の強い京女でねぇ、尻にしかれ続けて今にいたるんだよ。篠田とさえ出会わなければ、フランスの美女と結婚していたかもしれないんだから、大違いだろう？」

　茶目っ気たっぷりに柊一郎は言う。

「でも、君が妖狐ということは、初江さんか、そのお子さんが妖狐と結婚したのかな？」

　瞬太は首を横にふった。

「おれ、養子なんだ。赤ん坊の時、王子稲荷の境内に捨てられてたのを母さんに拾われたんだよ。だから、親も化けギツネなのか、とか、化けギツネって、普通はどんな感じで暮らしてるのか、とか、全然知らなくて」

「ああ、それで篠田に会いたかったんだね」

「うん。でもじいちゃんのおかげで、自分のことがちょっとわかったよ。ありがとう。おれの両親も、妖狐と人間のカップルだったりしたのかな……」

「おまえの親はみどりさんと吾郎さんだろ。妖狐の親のことなんか気にするな」

　祥明は、瞬太の頭をぽんぽんと軽くたたいた。

「そうなんだけどさ、おれ、三井に自分がキツネだってことなかなか言いだせなくって。まえは、生みの親がどうしておれを捨てたかなんてどうでもいいやって思ってたんだ。でも、今、じいちゃんの話を聞いて、自分の正体をどうしても人間に知られたくなくて、おれを捨てたんだとしたら、それも仕方ないかな、とか、ちょっと思った」

「好きになった相手に正体を知られてはいけないという鉄則が、妖狐のＤＮＡにきざみこまれているのかもしれないね」

　柊一郎が気の毒そうに言う。

　だが、祥明の方はあっさりしたものだった。

「よせよせ、ばかばかしい。おまえの親は両方とも妖狐かもしれないだろ。篠田さんが人間の女性が好きだったからって、全部の妖狐が人間好きとは限らないし。憶測をもとにくよくよ心配しても、一文の得にもならないぞ」

「そっか。想像でいろいろ考えたって、時間の無駄だよな」

「その通り」

　なんだか、祥明の舌先三寸にうまくはぐらかされたような気もするが、まあいいか。

「瞬太君、人の縁というのは不思議なもので、会うべき人には必ず会えるし、会わずに終わる人というのは、会う必要がなかったというだけのことさ。篠田にも、ご両親にもね」

「そういうものなのかな？」

「僕はずっと、篠田は、僕の人生を変えるためにあらわれて、用がすんだから去ったのだなと解釈していたのだが、もしかしたら、いつの日か君に妖狐のことを伝えるために、僕の前にあらわれたのかもしれないね」

「五十年以上も前に？　それこそ考えすぎだよ、じいちゃん」

「そうかねぇ」

　せっかくのロマンティックな運命論をあっさり瞬太に却下されて、柊一郎は残念そうである。

「だけど、君は沢崎夫妻と出会うために、王子稲荷の境内に置き去りにされた。それには同意してくれるだろう？」

「……じいちゃん、口がうまいな。さすが祥明のじいちゃんだ」

「そうかね」

　ふぉっふぉっふぉっ、と、愉快そうに柊一郎は笑った。

　これで一段落、といった雰囲気が店内を支配しているのに、一人だけ納得のいかない顔をしている者がいる。初江だ。

「学生さん、じゃなくて、学者さん。ずっと考えてたんだけど、安倍なんて名前でしたっけ？　どうも違ったような気がするんだけど」

「初江ちゃん、よく覚えていたね。そう、僕は五十年前は成瀬《なるせ》柊一郎という名前だった。安倍というのは、妻の名字だよ」

「おじいさんも婿《むこ》養子だったんですか⁉」

　祥明は驚きの声をあげた。

「うむ。安倍家は女系家族でね、代々、優秀な若者を婿養子にとって続いてきた世にも恐ろしい学者一家なのだよ」

「おじいさんは名前が柊一郎だから、てっきり長男なのだとばかり……」

「僕は一人息子だったから、両親にはひどく反対されたんだが、学者の卵というのは、すべからく貧乏なものだからねぇ」

　どうやら成瀬家は断絶したようである。

「ということは、亡くなったひいおじいさんも婿養子だったんですか？」

「うむ。ひいおばあさんには男の兄弟がいたんだが、戦争やら病気やらでみな若くして亡くなったそうだ。それでおまえが生まれた時にも、きっとこの子は大きくなるまで育つまいと親戚一同に不憫《ふびん》がられたものだよ」

「はあ……」

本人も初耳だったようだ。

「だから優貴子がおまえを異常に溺愛しても、仕方のないことと大目に見てきたんだが……」

「見ないでください！　どれだけあの母に苦労させられたと思ってるんですか！」

祥明は声を荒げた。

「ちょっと大目に見すぎたようだね、悪いわるい。女難は安倍家の男たちの宿命だと思って耐えてくれ」

柊一郎が、ぽん、と、肩に置いた手を、祥明はむっとした表情で押しもどす。

「そういえば祥明、おまえ、季実子さんに結婚をせまられて逆襲した時、むしろ婿養子に入りたいくらいだって気軽に言ってたな。ほいほい婿養子に入っちゃうのは遺伝なのか？」

瞬太の指摘に、祥明は顔をしかめた。

「婿養子はほんの冗談で……いや、母と縁を切りたいのはやまやまだが……」

「いや、間違いなくうちの血筋だねぇ」

柊一郎が本気だか本気じゃないんだかわからないあやしい口ぶりで話していた時。

カツカツカツと階段をかけおりてくるハイヒールの足音がひびいたかと思うと、バン、と、勢いよく黒いドアがあけはなたれた。

鋭い閃光が、薄暗闇に慣れた瞬太たちの目をつらぬき、三秒ほど遅れて、雷鳴がとどろく。

「おじいちゃんが大目に見ようと見まいと、そんなことママのヨシアキに対する愛には関係なくってよ！」

湿気をおびた熱風がスカートをひるがえし、長い髪が魔女のようにうねる。

次の瞬間、ザアッ、と、激しい雨音が店内に響き渡った。ただの夕立だとわかっていても、つい、でたー！、と叫びそうになってしまう。

「お母さん、なぜここに!? 秀行は!?」

「ごめん、一緒にアイドルグループのコンサートに行ったところまでは順調だったんだけど、携帯電話を奪われた……」

優貴子のあとからすごすごと秀行が入ってきた。どうやら瞬太との打ち合わせメールを優貴子に読まれてしまったらしい。

「奪われたらすぐに取り返さないとだめじゃないか！ それでも柔道の師範なのか？ 情けない」

「女子トイレに逃げこまれたんだ……」

秀行はぼそぼそと言い訳する。

「ほーっほっほっ、いつも日曜日は柔道教室で忙しいはずの秀行君が、急にチケットをもらったから一緒にコンサートに行きませんか、なんて、しらじらしい理由でママを誘おうとするんですもの。絶対何かあるってピンときたわ」

優貴子はにやりと笑った。

「秀行、おまえは余計なことを……」

「ごめん。すまん。面目《めんぼく》ない！」

槙原は平身低頭である。

「ママぬきでヨシアキに会おうなんて、そんなの許さなくってよ！」

叫びながら優貴子は祥明に抱きつこうとした。優貴子の突進を祥明はとっさにかわし、休憩室にかけこんで、ドアを閉めようとする。だが優貴子も店側のドアノブをつかんでひっぱり、ドアを閉めさせない。

「おじいさんなんとかしてください！」

「僕は頭脳労働専門なんだよ、すまないね」

柊一郎は泰然と笑いながら、娘と孫の攻防を見物している。

「うーん、三ヶ月前に見たような光景だなぁ……」

瞬太は三角の耳の裏側をかきながらつぶやいた。

十

月曜日の昼休み。

瞬太は久々に高坂たちと四人で屋上にあがり、弁当をひろげた。

やたらに暑いのだが、運のいい日はプールでたわむれる水着姿の女子たちを鑑賞することができるのである。といってもかなりの遠目なので、誰が誰だかさっぱりわからないのだが。

「そうだ、委員長、明日、母さんの病院でお祓いをやることになってるんだけど、取材に来る？」

「残念だけど、明日は遠藤さんと先約があるから」

「えっ、委員長、まさか、遠藤とつきあうことにしたのか⁉」

岡島たちもびっくりして尋ねる。

「違うよ、新聞同好会に入ってもらったから、活動の打ち合わせをしようと思って」

「自分をつけまわしていた女を勧誘したわけ？」

「そこだよ。ひたすらターゲットの背後をつけまわしておきながら、決して姿を見せないあの見事な尾行テクニック。夜討ち朝がけも苦にならないみたいだし、きっと彼女はいい記者になるよ」

「そういうものなのか……」

「それに取材対象を指定して追いかけさせておけば、僕は解放されるからね」

高坂はにっこりと笑う。

「さすが委員長。頭いいなぁ」

感心する瞬太の隣で、いやいや腹黒なんだよ、と、江本が解説する。

「それで、三井には例の話はしたの？」

「うーん、きかれたら言おうかなって思ってるんだけど、きかれないんだよね。何か言いたそうな顔は時々してるけど……」

「ごめん、それ、おれのせいだ」

江本が右手を挙げた。

「沢崎は自分がキツネだっていう噂をたてられてること気にしてるみたいだから、ふれないでやってくれって三井に頼んだんだ」

「え、何で？」

「だって、おまえ、自分ではけっこううまく隠してるつもりみたいだし」

江本が言うと、岡島もうんうんとうなずいた。

「只野先生はうまくごまかせたと思うんだけど……」

「大人は自分の常識を大事にするからな。おれたちみたいに子供の頃からのつきあいだと、自分の目で見たものを信じるけど」

江本は肩をすくめる。

「三井はちょっぴり疑ってるって雰囲気だったけど、気のせいでごり押しできないことはないと思うぜ？」

岡島の意見に高坂も賛同した。

「そうだね、言いたくなければ無理に言うことはないと思うよ」

「うん、でも、おれ、言ってもいいかなって思ってるんだ。結局ばれちゃう時はばれちゃうみたいだし」

「へえ、何か悟ったんだな」

「悟ったってほどじゃないけど」

江本にひやかされて、瞬太はちょっと照れたような顔でエビシュウマイにかじりついた。

「三井さんと二人きりで話をしたいのなら、火曜日の放課後がねらい目だよ。部活が休みで、陶芸室にはほとんど人がいない」

「火曜、っていうと明日か。ありがとう、委員長」

瞬太は、鼻息も荒く、よし、と、自分に気合いを入れた。


火曜日の放課後、瞬太が陶芸室をのぞいてみると、三井が一人で粘土と格闘していた。きゃしゃな両手もかわいいエプロンも泥だらけである。

何と声をかけたものか迷って、うろうろしていると、三井が気づいてくれた。

「あれ、沢崎君」

「ええと、今日は何作ってるの？　湯呑み？」

とりあえず、思いついたことを言ってみた。

「とってのついたマグカップにチャレンジしようと思ってるんだけど、なかなかうまく形がとれなくて」

「ふーん、むずかしいんだね」

「沢崎君もやってみる？」

「え、いや、おれはいいよ。不器用だし」

「そう？　面白いよ？」

三井に、ふふふ、と、微笑みかけられて、瞬太はどぎまぎする。

「あのさ、三井……」

今日こそ言うぞ、と、決意も新たに切りだす。緊張で口の中がからからだ。

「もしもおれが化けギツネだって言ったら信じる？」

心臓が早鐘をうつ。落ち着け、心臓。

それから、目と耳。三井の答えを聞くまでは、おとなしくしていてくれ。

そう言い聞かせながらも、自信がなくて、ついうつむいてしまう。

「他の人が言ったら絶対信じないけど、沢崎君ならそれもありかなって気がする。陰陽屋さんでアルバイトしてる時の耳とか尻尾が、すごくさまになってるし」

三井はすらすらと答えた。

もしかしたら、瞬太が告白にくることを予期していたのかもしれない。

「もしおれが化けギツネでも、嫌いになったりしない？」

瞬太が小声で尋ねると、三井はびっくりして、大きな瞳を見開いた。

「全然。嫌いになんてなるわけない。キツネでも人間でも、沢崎君とはずっと友だちだよ！」

三井の答えに、瞬太の頭は真っ白になった。

ええと、これは、つまり……？

「……ずっと、友だち……？」

「うん！」

真剣な表情できっぱりと肯定されて、喜んでいいのか、悲しんでいいのか、複雑な心境の瞬太であった。

十一

その日、瞬太は、いまだかつてなく暗い顔で陰陽屋の黒いドアをあけた。本当はアルバイトを休んでしまいたい心境だったのだが、今日は病院までラップ音騒動のお祓いに行く約束なので、瞬太が行かないとみどりに心配をかけてしまう。

瞬太の顔を見て、祥明は眉をひそめた。

「キツネ君、どうしたんだ。瘴気《しょうき》がでてるぞ。腹でもこわしたのか？」

「うう……」

病院への道すがら、瞬太は陶芸室でのできごとを祥明に語った。

「それで結局、三井にはそれ以上話せなかったんだ」

瞬太は遠い目でため息をつく。

「なるほど、正体を告白するかどうかにばかり気を取られていて、普通の好きだつきあってくれ告白の方をどうするか全然考えてなかったというわけか」

祥明は口もとをひくひくさせながら言った。笑いだしたいのを必死でこらえているらしい。

「ずっと友だちってことは、つまり、それ以上の仲になる気はないってことだよね？　もうおれ、気が抜けちゃって、自分が人間でもキツネでもタヌキでも、どうでもいいような気がしてきたよ……」

「甘いな、キツネ君」

祥明はもったいぶって、胸の前で銀の扇をひらいた。

「へ？」

「永遠に愛していると言った五分後に、顔も見たくないなんて平気で言うのが女というものだ。逆に、今は友だちでも、明日はラブラブかもしれない。すべてはおまえのがんばり次第だ」

「まじか⁉」

「元カリスマホストの言うことを信じろ」

「ホストは一ヶ月でやめたんじゃなかったっけ？」

「細かいことは気にするな。少なくとも、嫌われていないことははっきりしたわけだし、希望は持っていいんじゃないか？」

「そっか、そうだよな」

ぱっと瞬太の顔が明るくなる。

今日もまた祥明の舌先三寸で言いくるめられたような気もしないでもないが、まあいいか。

おかげで病院でも気持ちよく仕事にはげむことができた。

店から持ってきた御幣《ごへい》や米、塩などで祭壇らしきものをストックルームにしつらえ、いつものお仕事スタイルに着替えると、ぱらぱらと人が集まってきた。主に祥明めあての看護師さん、女医さん、職員さんたちだ。患者さんたちもいる。

祥明がけれん味たっぷりに重々しく挨拶すると、パチパチと拍手がおこった。ふと見ると、狭い廊下が見物客でいっぱいになっている。

祥明が祭文を唱えている間も、「ここ霊道が通ってるんだって」「えー、あたし全然見えないわよ」「陰陽師って今でもいるのねぇ」「あの猫耳かわいくない？」などのおしゃべりが続く。廊下を通り抜けていく人もいれば、携帯電話で撮影しようとした患者さんが看護師さんに注意されたり、まったく落ち着かない。ちなみに看護師さんが撮影を注意したのは、お祓いの邪魔になるからではなく、病院内は携帯電話が使用禁止だからである。デジカメだったらフラッシュをたいても注意されなかったに違いない。なんだか公園でパフォーマンスをしている大道芸人にでもなった気分である。

占いはエンターテイメントだというのが祥明の持論だが、どうやら王子ではお祓いもエンターテイメントとなりつつあるらしい。

それでも無事にお祓いを終わり、見物客のみなさんから温かい拍手をもらった時にはなんだか嬉しかった。

「お疲れさま。みんな楽しんでたし、すごく良かったわよ」

とてもお祓いを終えた依頼主とは思えない感想を口にしたのはみどりである。

「ご満足いただけて何よりです。それで、最近、ラップ音の方はどうですか？」

「祥明さんのアドバイス通り、点検口のふたをきっちりロックして、お札をはりつけたら、ぴたりとおさまりました」

みどりは右手を軽くあげて、天井をさししめした。小さくて目立たないが、独特の記号と文字を組み合わせた霊符がはりこまれている。

「でも、祥明さんはあたしに気をつかって、ラップ音だって言ってくださってますけど、出入り口をふさいだら音がしなくなったっていうことは、やっぱり、ねずみだったんでしょうね」

みどりは残念そうに笑った。

「その件ですが……」

祥明は廊下から見物客がいなくなったのを確認し、さらに、銀の扇をひらいて、声をひそめた。

「どうも、妖怪ではないかという気がしてきました」

「え？」

「いるじゃないですか、東京には、軽々と天井パネルにとびのれるほど身軽で、真っ暗な天井裏やストックルームでも動きまわれるほど夜目がきき、かつ、あの狭い点検口を通れるほど細身の妖怪が」

「まさか……」

祥明とみどりにじっと顔を見られて、瞬太はあわてふためいた。

「お、おれじゃないよ！　たしかにポテチは好きだけど、毎晩八時すぎにはちゃんと家に帰ってるし」

「おまえじゃなくて、あとの九人だ」

「う？」

「五十年前のデータですが、東京には妖狐が十人ばかり住んでいたらしいですよ」

「ええっ、そんなに⁉」

みどりは驚きの声をあげる。

「まあ、私もまさかとは思いますが、可能性はゼロではないということで」

「もし犯人がキツネだったとしたら、すべてのつじつまがあいますね」

みどりは興奮して、まあ、どうしましょう、と、頬を紅潮させた。

「つまり、化けギツネが人間にまじって、入院してたってこと？」

「そうかもしれないわ。母さんも全然気がつかなかったけど」

本当に自分以外にも化けギツネがいたのだ。しかも調査に来た夜、自分とドア一枚隔てたこの場所に、と、思うと、瞬太もドキドキしてくる。

「会ってみたかったなぁ。男かな、女かな。そうだ、母さんなら、ラップ音騒動があった頃に入院していた患者の名前や住所を調べられるんじゃないの？」

「それはだめよ」

みどりは突然、看護師長の顔にもどってしまった。

「個人的な興味で患者さんの情報を調べたり、ましてや息子に教えるなんて、絶対できません」

「そっかー、そりゃまあそうだよね」

瞬太はがっかりしたが、もっともな理由なので、あきらめざるをえない。

「縁があれば、いつか会えるわよ。今度、お稲荷さまにお願いしてみれば？」

「そうする」

瞬太は素直にうなずいた。

「それにしても、仮に犯人が妖狐だとして、この真っ暗なストックルームに夜な夜な忍びこんでいた目的は何だったんでしょうね」

祥明は、どうもふにおちないらしい。

「何って、だから、ポテチを食べてたんだろ？」

あっけらかんと瞬太は答えた。

「それだけなのか？　ポテチを食べるためだけに、わざわざ天井裏を通って、ストックルームに忍びこんでいたのか？」

自分たちが張りこんだ日だけではない。少なくとも、みどりが物音に気づいた日と、ドクターが気づいた日と、あわせて三回はストックルームに侵入しているのだ。

いくらなんでもありえないだろう、と、祥明は頭を横にふった。

「すごくポテチが好きなんだよ。ほら、病人食って薄味だし、しかも六時には夕食がでるらしいじゃん？　だから、夜更けになると、あー、腹へった、ポテチ食べたい。ポテチ、ポテチ、って気持ちになったんだよ、きっと。だけど、病室のベッドで食べてたら看護師さんに見つかっちゃうし……」

「病気にもよるけど、夜中のポテチは没収ものね」

みどりは苦笑いでうなずく。

「それで、入院中の妖狐が、わざわざ天井裏を通って、真っ暗なストックルームでポテチを食べていたっていうのか？」

「ほら、ここには枕や布団もあるし、快適にポテチをつまめるじゃないか。もしかしたらゲームとかもしてたかもしれないけど」

「快適にポテチって……キツネはそんなに油っこいものが好きなのか？　篠田さんも油揚げが大好きだったそうだが……」

「えっ⁉　ポテチはみんな好きだろ？　ね？」

瞬太はちょっと顔を赤くして力説する。

「そういえば瞬ちゃんは、岡安堂《おかやすどう》のこんこんあられも大好きだもんね」

「うっ」

「これは、もしかして、もしかするとかもしれませんねぇ……」

「待て、ポテチだけでキツネの仕業だって決めるなよ！」

「いやいや」

瞬太は一所懸命抗議するが、祥明とみどりは笑ってばかりでとりあわない。

夏休みを間近にひかえた七月の夜空には、明るい月が輝いていた。

参考文献

『現代・陰陽師入門　プロが教える陰陽道』（高橋圭也／著　朝日ソノラマ発行）
『安倍晴明　謎の大陰陽師とその占術』（藤巻一保／著　学習研究社発行）
『陰陽道奥義　安倍晴明「式盤」占い』（田口真堂／著　二見書房発行）
『陰陽師列伝　日本史の闇の血脈』（志村有弘／著　学習研究社発行）
『陰陽師』（荒俣宏／著　集英社発行）
『野ギツネを追って』（D・マクドナルド／著　池田啓／訳　平凡社発行）
『狐狸学入門　キツネとタヌキはなぜ人を化かす？』（今泉忠明／著　講談社発行）

本書は、書き下ろしです。

よろず占《うらな》い処《どころ》 陰陽屋《おんみようや》あやうし
天野頌子《あまのしようこ》

2011年7月10日初版発行
2012年11月4日第10刷発行

発行者……坂井宏先
発行所……株式会社ポプラ社
〒160-8565 東京都新宿区大京町22-1
電話……03-3357-2212(営業)
03-3357-2305(編集)
0120-666-553(お客様相談室)
ファックス……03-3359-2359(ご注文)
振替……00140-3-149271
フォーマットデザイン 荻窪裕司(bee's knees)
印刷・製本 凸版印刷株式会社

乱丁・落丁本は送料小社負担でお取り替えいたします。
ご面倒でも小社お客様相談室宛にご連絡ください。
受付時間は、月~金曜日、9時~17時です(ただし祝祭日は除く)。

ポプラ文庫ピュアフル

ホームページ http://www.poplarbeech.com/pureful/

N.D.C.913/248p/15cm
ISBN978-4-591-12524-3

ポプラ文庫ピュアフルの好評既刊

イケメン毒舌陰陽師とキツネ耳中学生の
へっぽこほのぼのミステリ!!

天野頌子

『よろず占い処　陰陽屋へようこそ』

装画：toi8

母親にひっぱられて、中学生の沢崎瞬太が訪れたのは、王子稲荷ふもとの商店街に開店したあやしい占いの店「陰陽屋」。店主はホストあがりのイケメンにせ陰陽師。アルバイトでやとわれた瞬太は、実はキツネの耳と尻尾を持つ拾われ妖狐。妙なとりあわせのへっぽこコンビがお客さまのお悩み解決に東奔西走。店をとりまく人情に癒される、ほのぼのミステリ。単行本未収録の番外編「大きな桜の木の下で」を収録。

〈解説・大矢博子〉

めっぽう愉快でじんわり泣ける――
期待の新鋭による人情妖怪譚

小松エメル
『一鬼夜行』

装画：さやか

江戸幕府が瓦解して5年。強面で人間嫌い、周囲からも恐れられている若商人・喜蔵の家の庭に、ある夜、不思議な力を持つ小生意気な少年・小春が落ちてきた。自らを「百鬼夜行からはぐれた鬼だ」と主張する小春といやいや同居する羽目になった喜蔵だが、次々と起こる妖怪沙汰に悩まされることに――。あさのあつこ、後藤竜二両選考委員の高評価を得たジャイブ小説大賞受賞作、文庫オリジナルで登場。

〈刊行に寄せて・後藤竜二、解説・東雅夫〉

ポプラ文庫ピュアフルの好評既刊

史上最も有名な陰陽師、安倍晴明――
少年の成長をドラマチックに描く！

三田村信行
『風の陰陽師（一）きつね童子』

装画：二星天

きつねの母から生まれ、京の都で父親に育てられた童子・晴明は、肉親と別れ、智徳法師のもと、陰陽師の修行を始める。その秘めたる力は底知れず……。尊敬する師匠や友人たち、手強いライバルとの出会いを経て、童子から一人前の陰陽師へと成長してゆく少年の物語。賀茂保憲、蘆屋道満など、周囲の人物も含め、新たな解釈で描く安倍晴明ストーリー。第50回日本児童文学者協会賞受賞の長編シリーズ第1巻。

〈解説・榎本秋〉

ポプラ文庫ピュアフルの好評既刊

装画：スカイエマ

迫りくる「闇の力」とたたかう子どもたち——
不朽の名作が装いも新たに文庫で登場

天沢退二郎
『光車よ、まわれ！』

はじまりは、ある雨の朝。登校した一郎は、周囲の様子がいつもと違うことに気づく。奇怪な事件が続出する中、神秘的な美少女・龍子らとともに、不思議な力を宿すという《光車》を探すことになるのだが——。

《光車》とは何か。一郎たちは「敵」に打ち勝つことができるのか。魂を強烈に揺さぶる不朽の名作が、待望の文庫版で登場。

〈解説・三浦しをん〉

ポプラ文庫ピュアフルの好評既刊

「日本のクリスティ」が贈る、兄妹探偵シリーズ傑作選！

仁木悦子 著／戸川安宣 編

『私の大好きな探偵　仁木兄妹の事件簿』

のっぽでマイペースな植物学者の兄・雄太郎と、ぽっちゃりで好奇心旺盛な妹・悦子。推理マニアのふたりが行くところ、事件あり。どこかほのぼのとした雰囲気の漂う昭和を舞台に、知人宅で、近所で、旅先で、凸凹コンビの名推理が冴えわたる！

「日本のクリスティ」と呼ばれた著者の代表作「仁木兄妹」シリーズの中から、書籍初収録作を含む5編を厳選し、新たな装いで文庫化。

〈解説・戸川安宣〉

装画：中村佑介

作家・あさのあつこの全魅力が詰まった
青春エンターテイメント・シリーズ

あさのあつこ
『光と闇の旅人Ⅰ　暗き夢に閉ざされた街』

装画：ワカマツカオリ

結祈は、ちょっと引っ込み思案の中学1年生。東湖市屈指の旧家である魔布の家に、陽気な性格で校内の注目を集める双子の弟・香楽と、母、曾祖母らと暮らしている。ある夜、禍々しいオーロラを目にしたことをきっかけに、邪悪な「闇の蔵人」たちとの闘いに巻き込まれ……。「少年少女のきらめき」「時代小説的な広がり」「SF的な奥行き」といったあさの作品の魅力が詰まった新シリーズ、第1弾!

〈解説・三村美衣〉

ポプラ文庫ピュアフル9月の新刊

沢村鐵『封じられた街〈上・下〉』

不可思議な出来事が次々起こり、どこか気味の悪い街。黒い影の正体をあばこうとする少年少女たち。戦慄の長編ダークファンタジー。

三田村信行『風の陰陽師（三）うろつき鬼』

怨霊朝廷を打ち立てて都を支配する……〝闇の陰陽師〟黒主の野望がついに明らかに。少年陰陽師、安部晴明の成長物語第三巻！

花形みつる『アート少女 根岸節子とゆかいな仲間たち』

オタクに引きこもり、変な部員ばかりが集まった美術部。部長は今日もブチ切れて暴走、迷走。文系弱小部活的、爆笑・感動ストーリー！

都合により変更される場合がございますので、ご了承ください。
★ポプラ文庫ピュアフルは奇数月発売。